如何成為真正的信仰者

楊照談遠藤周作

楊照
——
著

日本文學名家十講
07

目次

總序

用文學探究「日本是什麼」

文／楊照

就像吉朋（Edward Gibbon）在羅馬古蹟廢墟間，黃昏時刻聽到附近修道院傳來的晚禱聲，而起心動念要寫《羅馬帝國衰亡史》，我也是在一個清楚記得的時刻，有了寫這樣一套解讀日本現代經典小說作家作品的想法。

時間是二〇一七年的春天，地點是京都清涼寺雨聲淅瀝的庭園裡。不過會坐在庭園廊下百感交集，前面有一段稍微曲折的過程。

那是在我長期主持節目的「台中古典音樂台」邀約下，我帶了一群台中的朋友去京都賞櫻。按照我排的行程，這一天去嵐山和嵯峨野，從天龍寺開始，然後一路到竹林道、大河內山莊、野宮神社、常寂光寺、二尊院，最後走到清涼寺。然而從出門我就心情緊繃，因為天公不作美，下起雨來，氣溫陡降，而且有幾個團員前天晚上逛街走了很多路，明顯腳力不濟。我平常習慣自己在京都遊逛，合理的做法應該是改變行程，例如改去有很多塔頭的妙心寺或東福寺，可以不必一直撐傘走路，密集拜訪多個不同院落，中午還可以在寺裡吃精進料理，舒舒服服坐著看雨、聽雨。但配合我、協助我的領隊林桑告訴我帶團沒有這種隨機調整空間，我們給團員的行程表等於是合約，沒有照行程走就是違約，即使當場所有的團員都同意更改，也無法確保回台灣後不會有人去觀光局投訴，那麼林桑他們旅行社可就吃不完兜著走了。

好吧，只好在天候條件最差的情況下走這一天大部分都在戶外的行程。下午到常寂光寺時，我知道有一、兩位團員其實體力接近極限，只是盡量優雅地保持正常的外表。這不是我心目中應該要提供心靈豐富美好經驗的旅遊，使我心情沮喪。更糟的是再往下走，到了門口才知道二尊院因為有重要法事，這一天臨時不對遊客開放。在當時的情況下，這意味著本來可以稍微躲雨休息的機會被取消了，別無辦法，大家只好拖著又冷又疲累的身子繼續走向清涼寺。

清涼寺不是觀光重點，我們去到時更是完全沒有其他訪客。也許是驚訝於這種天氣還有人來到寺裡拜觀吧？連住持都出來招呼我們。我們脫下了鞋走上木頭階梯，幾乎每個人都留下了溼答答的腳印，因為連鞋子裡的襪子也不可能是乾的。住持趕緊要人找來了好多毛巾，讓我們入寺之前可以先踩踏將腳弄乾。過程中，住持知道我們遠從台灣來，明顯地更意外且感動了。

入寺內在蒲團上坐下來後，住持原本要為我們介紹，但我擔心在沒有暖氣仍然極度陰寒的空間裡，住持說一句領隊還要翻譯一句，不管住持講多久都必須耗費近乎加倍的時間，對大家反而是折磨。我只好很失禮地請領隊跟住持說，由我用中文來對團員介紹即可。住持很寬容地接受了，但接著他就很好奇我這位領隊口中的「せんせい」會對他的寺廟做出什麼樣的「修學說明」。

我對團員簡介清涼寺時，住持就在旁邊，央求領隊將我說的內容大致翻譯給他聽，說老實話，壓力很大啊！我盡量保持一貫的方式，先說文殊菩薩仁慈賜予「清涼石」的故事，解釋「清涼寺」寺名由來，接著提及五台山清涼寺相傳是清朝順治皇帝出家的地方，是金庸小說《鹿鼎記》中的重要場景，再聯繫到《源氏物語》中光源氏的「嵯峨野御堂」就在今天清涼寺之處。然後告訴大家這是一座淨土宗寺院，所以本堂的布置明顯和臨濟禪宗寺院很不一樣，而這座寺廟最難能寶貴的是有著絹絲材質製造、象徵內臟的木雕佛像，相傳是從中國浮海而來的。著名的佛教藝術史學者塚本善隆晚年在此出家。最後我順口說了，寺院只有本堂開放參觀，很遺憾我多次到此造訪，從來不曾看過裡面的庭園。

說完了，讓團員自行拜觀，住持前來向我再三道謝，竟然對於清涼寺了解得如此準確；接著轉而向我再三致歉，我一時不知道他如此懇切道歉的原因，靠領隊居中協助，才弄清楚了，住持的意思是讓我抱持多年的遺憾，他今天一定要予以補償，所以找了人要為我們打開往庭園的內門，並且準備拖鞋，破例讓我們參觀庭園。

於是，我看著原未預期能看到的素雅庭園，知道了如此細密修整的地方從來沒打算要對外客開放，那樣的景致突然透出了一份神祕的精神特質。這美不是為了讓人觀賞的，不是提供人享受的手段，其自身就是目的，寺裡的人多少年來，幾十年甚至幾百年，日復一日毫不懈怠地打掃、修剪、維護，他們服務的不是前來觀賞庭園的人，而是庭園之美自身，以及人和美之間的一種敬謹的關係。那一絲不苟的敬意既是修行，同時又構成了另一種心靈之美。

坐在被微雨水氣籠罩的廊下，心裡有一種不真實感。為什麼我這樣一個台灣人，能在日本受到尊重，取得特權進入凝視、感受著這座庭園？為什麼我真的可以感覺到庭園裡的形與色，動中之靜、靜中之動，直接觸動我，對我說話？我如何走到這一步，成為這個奇特經驗的感受主體？

在那當下，我想起了最早教我認識日語、閱讀日文，卻自己一輩子沒有到過日本的父親。我想起了三十年前在美國遇到的岩崎春子教授，彷彿又看到了她那經常閃現不信任、懷疑的眼神，在我身上掃出複雜的反應。

我在哈佛大學上岩崎老師的高級日文閱讀課，是她遇到的第一個台灣研究生。我跟她的互動既親近又緊張。親近是因她很早就對我另眼看待，課堂上她最早給我們的教材都立即被我看出來處。一段來自村上春樹的《聽風的歌》，另一段來自海明威《在我們的時代》小說集的日文翻譯。她要我們將教材翻譯成英文，我帶點惡作劇意味地將海明威的原文抄了上去。她有點惱怒地在課堂上點名問我，剛發下來的幾段還有我能辨別出處的嗎？不巧，一段是川端康成的掌上小說，另一段是吉行淳之介的極短篇，又被我認出來了。

從此之後岩崎老師當然就認得我了，不時和我在教室走廊或大樓的咖啡廳說說聊聊。她很意外一個從台灣來的學生讀過那麼多日文小說，但另一方面，她又總不免表現出一種不可置信的態度，認為以我一個台灣人的身分，就算讀了，也不可能真正理解這些日本小說。

每次和岩崎老師談話我都會不自主地緊繃著。沒辦法，對於必須在她面前費力地證明自己，就是令我備感壓力。她明知道我來修這門課，是為了不要耗費時間在低年級日語的聽說練習上，我的日語會話能力和我的日文閱讀能力有很大的落差，但她還是不時會嘲笑我的日語，特別喜歡說：「你講的是台灣話而不是日語吧！」因此我會盡量避免在她面前說太多日語，但又堅持用英語與她討論許多日本現代作家與作品。

她不是故意的，但是一個台灣學生在她面前侃侃而談日本文學，往往還是讓她無法接受。愈是感覺到她的這種態度，我就愈是覺得自己不能放鬆、不能輸，這不是我自己的事了，對她來說，我就代表台灣，我必須替台灣爭一口氣，改變她認為台灣人不可能進入幽微深邃日本文學心靈世界的看法。

那一年間，我們談了很多。每次談話都像是變相的考試或競賽。她會刻意提一位知名的作家，我相對提出我讀過的這位作家作品，然後她像是教學般解說這部作品，我卻刻意地鑽找縫隙，非得說出和她不同，卻要能說服她接受的意見。

這麼多年後回想起來，都還是覺得好累，在寒風裡從記憶中引發了汗意。不過我明白了，是那一年的經驗，在日本殖民史的曲折延長線上，我得以培養了這樣接近日本文化的能力。我不想浪費殖民歷史在我父親身上留下，再傳給我的日文能力，更重要的，我拒絕因為台灣人的身分，而被視為在日本文化吸收體會上，必然是次等的、膚淺的。

於是那一刻，我得到了這樣的念頭，要透過小說作家及作品，來探究日本，如此之美，卻又蘊含如此暴烈力量，同時還曾發動侵略戰爭的複雜國度。這不是一個單純的「外國」，而是盤旋在台灣歷史上空超過百年，幽靈般的存在，一直到今天，台灣都還依照看待日本的不同態度而劃分著不同的族群、世代與政治立場。

在清涼寺中，彷佛聽到自己內心的如此召喚：「來吧，來將那一行行的文字，一個個角色，一幕幕情節，一段段靈光閃耀的體認，整理出意義來吧。不見得能得到『日本是什麼』的答案，但至少得以整理出如何叩問『日本如何進入台灣集體意識』的途徑吧。」我知道，毋寧是我相信，我曾經付出的工夫，讓我有這麼一點能力可以承擔這樣的任務。

回到台北之後，我從兩個方向有系統地以行動呼應內在的召喚。一是和麥田出版合作，選書主編了「幡」書系，那是帶著清楚的日本近代文學史概念，針對台灣引介日本文學作品的混亂偏食狀況，特別找出具備有日本近代文學史上的思想、理論代表性的作品，希望讓讀者在閱讀中藉此逐漸鋪畫出日本文學的歷史地圖。

另外，先後在「誠品講堂」和「藝集講堂」連續開設解讀現代日本小說作品的課程。必須誠實地說，我對台灣一般流通的現代日本小說譯本，以及大部分國人所寫的解說，不得不抱持保留態度。最嚴重的問題顯現在：第一，完全不顧作品的時代、社會背景，將小說架空地用自己主觀的心情來閱讀。最誇張的，例如翻譯、解說遠藤周作小說，可以對基督教神學完全無知，也不去查對《聖經》和天主教會固定譯名，而出於自己望文生義臆測。這樣一來，讀者讀到的怎麼可能還是虔信中與信仰掙扎的遠藤周作作品呢？

第二，翻譯者、解說者無法察覺自己的知識或感性敏銳度，和原作者到底有多大的差異。這在川端康成的作品中表現得最明顯，光從字面上去翻譯、閱讀，不能找到方式試圖進入從極度纖細神經中傳遞出來的時序與情懷交錯境界，那就錯失了川端康成文學能帶給我們的最重要感動了。

第三，讀者囿於一些通俗的標籤，產生了想當然耳，而非認真細究的閱讀印象。例如台灣有一陣子突然流行太宰治的「失格」、「無賴」文學；一陣子又轉而流行谷崎潤一郎的「奇情」文學，但對於「無賴」或「奇情」到底是什麼意思沒有認識，對於太宰治與谷崎潤一郎的完整文學風貌也沒有進一步的興趣。如此讀來讀去，都只停留在感受「無賴」或「奇情」而已，無從讓太宰治或谷崎潤一郎的作品豐富讀者自身的人生感知。

在「誠品講堂」與「藝集講堂」的課程中，我有意識地採取了一種思想史的方式來面對這些作家與作品。簡而言之，我將每一本經典小說都看作是這位多思多感的作家，在自己所處的時代中遭遇了問題或困惑，因而提出來的答案。我一方面將這本小說放回他一生前後的處境來比對，另一方面提供當時日本社會、時代脈絡來進一步探詢那原始的問題或困惑。如此我們不只看到、知道了作者寫了什麼、表現了什麼，還可以從他為什麼寫以及如何表現的人生、社會、文學抉擇，受到更深刻的刺激與啟發。

另外我極度看重小說寫作上的原創性，必定要找出一位經典作家獨特的聲音與風格。要綜觀作家大部分的主要作品，整理排列其變化軌跡，才能找出那條貫串的主體關懷，將各部小說視為這主體關懷或終極關懷的某種探測、某種注解。

在解讀中，我還盡量維持作品的中心地位，意思是小心避免喧賓奪主，以堆積許多外圍材料、高深的說法為滿足。解讀必須始終依附於作品存在，作品是第一序、首要的，目的是藉由解讀，讓讀者對更多作品產生好奇，並取得閱讀吸收的信心，從而在小說裡得到更廣遠或更深湛的收穫。

我企圖呈現從日本近代小說成形到當今的變化發展，考慮自己進行思想史式探究可能面臨的障礙，最後選擇了十位生平、創作能夠涵蓋這時期，而且我還有把握自己能進入他們感官、心靈世界的重要作家，組構起相對完整的日本現代小說系列課程。

這十位小說家，依照時代先後分別是：夏目漱石、谷崎潤一郎、芥川龍之介、川端康成、太宰治、三島由紀夫、遠藤周作、大江健三郎、宮本輝和村上春樹。

這套書就是以這組課程授課內容整理而成的，每位作者我有把握能解讀的作品多寡不一，因而成書的篇幅也相應會有頗大的差距。川端康成和村上春樹兩本篇幅最大，其次是三島由紀夫，當然這也清楚反映了我自己文學品味上的偏倚所在。

雖然每本書有一位主題作家，但論及時代與社會背景，乃至作家間互動關係，難免有些內容在各書間必須重複出現，還請通讀全套解讀的讀者包涵。另外因為源自課堂講授，有些延伸的討論或戲說，我還是保留在書裡，乍看下似乎無關主旨，然而在認識日本精神的總目標上，或是對比台灣今天的文學現象，應該還是有其一定的參考價值。

從十五歲因閱讀《山之音》而有了認真學習日文、深入日本文學的動機開始，超過四十年時間浸淫其間，得此十冊套書，藉以作為台灣從殖民到後殖民，甚至是超越殖民而多元建構自身文化的一段歷史見證。

前言

持續的動態——細究信仰的千萬種面貌

文／楊照

每次打開遠藤周作的書，我總會想起故友蔡彥仁，三十多年前他年輕時溫厚的面容和緩慢多思的說話聲音浮現在心版上。

蔡彥仁前後花了十年時間，拿到了在哈佛大學被視為是要求最嚴格、最難取得的神學博士（Doctor of Theology），然而回台灣申請教職卻處處碰壁，原來那時候教育部不承認神學博士學位，即使是哈佛大學頒發的也沒有用。不得已，蔡彥仁只好向哈佛請託，希望能將學位改成「宗教學博士」（Ph. D. in Religious Study）。哈佛本來就有宗教系會頒發宗教學博士學位，經過由神學院、宗教系與東亞系合聘的指導教授杜維明老師奔走協助，總算完成了這件史無前例的「換發學位」，因為史無前例，當時哈佛大學的校報《*The Crimson*》還刊登了一篇新聞報導，報導中對於台灣教育體制「不識貨」頗有譏嘲之意。

哈佛是全美最古老的大學，成立於一六三六年，最早的校名是Cambridge Seminary，也就是「劍橋神學院」，兩年後，得到約翰．哈佛（John Harvard）的慷慨捐書捐錢，才改名為Harvard Seminary，仍然是「哈佛神學院」。神學院是哈佛大學的根底，而且多年以來一直被視為是學校最重要的知識重鎮，所以保持了招收菁英中的菁英的傳統，設下了比文理學院更嚴格的學位要求。

蔡彥仁卻必須將哈佛頒授的最高等級學位「降級」之後，才能在台灣得到大學的正職。他怎麼會給自己惹這樣的麻煩，選擇去念一個如此既艱難又冷門不討好的神學博士呢？

當然不是為了前途，也不是為了名聲，而是為了信仰。他是真耶穌教會的教徒，到美國留學前已經在教會中擔任傳道人，所以他的學習動機，很大一部分來自於想要更深入理解完整的基督教思想，不只是神學，毋寧是基督宗教傳統的全貌。

因為都是杜維明老師指導的博士生，到學校沒多久我就認識了蔡彥仁，在他熱情的邀約召喚下，先是經常出入他所住的「世界宗教中心」，然後參與了他和幾位在哈佛和耶魯大學念神學的台灣、中國學生組成的，有著奇特長名稱的團體：「基督教、猶太教與中國文明討論小組」（Seminar on Christianity, Judaism and Chinese Civilization, SCJCC）。

那是我最積極探索、理解基督教的一段特殊時期。我從來不是任何宗教的信徒，很早就對宗教保持一份理性的懷疑，然而卻一直有著從非信仰角度對宗教文本的高度興趣。高中時七等生素讀聖經而寫下的《耶穌的藝術》讓我手不釋卷，反覆翻讀，強烈感受到「福音書」裡的獨特筆法，似乎必須和某種信仰衝動連結才有可能刺激出來的文字渲染力。大學時選修王任光神父的「西洋中古史」而對於基督教作為西方文明基礎此一歷史現象，有了深刻無可磨滅的認知，生出了必須熟悉聖經、熟悉基督神學傳統的衝動，先是通讀《舊約聖經》、《新約聖經》，然後試著接觸聖多瑪斯的《神學大全》。

不過這一切都是在知識的層面進行的，而且斷斷續續缺乏系統，是在透過蔡彥仁和SCJCC的熱烈討論活動，才在我的生命中開展出另外一面的關懷與疑問。和之前自己矇矇懂懂試圖理解基督教所領會的相比，此時我轉而疑問著：是不是有什麼根本的基督教義與論理，是專門屬於信仰層次的？也就是非信仰者無論如何動用同情理解能力，終究無法達到的某種神祕領域？對非信仰者來說是神祕，對信仰者卻相反是透徹光明的境地？那麼，要如何將信仰的內容向非信仰者傳遞，相關地，要如何讓非信仰者藉由接收這樣的內容成為信仰者？

我很快明白了，蔡彥仁他們這些基督徒朋友組成的討論會之所以奇特地放入了「中國文化」為主題之一，根源於他們深層的信仰糾結。他們是基督徒，卻也是台灣人或中國人，來自中國文化的環境中，他們的思想與生活必然受到廣義的中國文化深深影響，那麼他們的基督徒身分會因此而有不同嗎？對他們而言，這不是純粹學術知識上的討論，毋寧是碰觸自己存在意義的靈魂探索。

那幾年間參與他們的深刻探索，教了我很多很多。蔡彥仁尤其真誠、尤其和我親近，在各種公開或私下場合中有了數不完的多次對話，燭照出我原先發生疑惑的根本錯誤——先入為主將信仰者與非信仰者截然劃開，歸屬兩個涇渭分明的陣營。這不是生命、存在的實體狀況，在現實中，信仰與非信仰是非常複雜的光譜分布，無從在哪裡切割一條清楚的線。

進而，成為一個基督徒，維持作為一個基督徒，也就如實地是一種持續的動態，信仰的程度、信仰的形式、信仰的內容隨時都在移動變化中，連帶使得信仰的表達有著千千萬萬種面貌。

就如同文學有千千萬萬種面貌一樣。

蔡彥仁先在輔仁大學教了一段時間，後來轉到政治大學，在二〇一九年英年早逝離開了人世。他之所以先進輔大，主要是因為輔大是天主教大學，最早設有宗教學院。出於同樣的背景淵源，長期任教於輔仁大學日語系的林水福先生，一直積極譯介遠藤周作的作品進入台灣，到今天台灣讀者都很容易在書市上找到許多遠藤周作作品譯本。

不過林水福教授自己並非教徒，解讀遠藤周作時比較少從深刻宗教體驗內部切入；習慣理所當然強調遠藤周作「天主教作家」的身分，而忽略了他在信仰上和天主教會、天主教教義迫切、動人心弦的搏鬥；也不曾討論他的小說如何挑戰並修正天主教神學立場。每每對照閱讀小說本身和書中附隨的介紹，我總會想起曾經和林教授在輔仁大學同事的蔡彥仁，感覺到有一種應該將作品信仰面更認真對待、細部討論的必要。

這本書就是將這樣的心念付諸實現的成果。馬丁・史柯西斯在遠藤周作小說《沉默》出版半世紀之後，才遲來地改編拍攝電影，到台灣取景拍攝，提供了一個讓台灣讀者不至於覺得遠藤周作如此遙遠的親切因素，也給予我在這個時代講述、剖析遠藤周作小說作品相當的鼓勵與信心；另外，圍繞著「多元成家」釋憲、立法，一度出現台灣社會進步觀念與基督教會反對聲音的強烈衝突，顯示了信仰在我們這個看似徹底世俗化的社會其實仍然發揮著強大的作用，也使得遠藤周作在小說中表現的真誠困知勉行態度，有了具體的現實意義。

懷念故友，回到求索、體會信仰多樣性的初衷，我很願意以這本書和各種信仰者，尤其是基督教教友們交流、溝通，一起探入靈魂令人悸動卻也必然令人欣喜的深淵。

第一章
遠藤周作的生涯概述與創作背景

留學法國

遠藤周作出生於一九二三年，三歲的時候，隨家人從日本遷居到大連，一直到十歲，也就是一九三三年。這中間經過了一九三一年的「滿洲事變」，日本關東軍占領了中國的東北，還有一九三二年由溥儀當傀儡皇帝的「滿洲國」成立。

回到日本之後，一九三五年，遠藤周作正式受洗成為天主教徒。一九四三年，二十歲時，他進入了慶應大學的文學部預科。日本高等教育體系中，公立大學最頂尖的是東京帝大和京都帝大；在私立的系統裡，地位最高的則是慶應大學和早稻田大學。

兩年後，一九四五年，遠藤周作進入慶應大學法文系，收到了徵兵通知，體檢結果是乙種體位，但因得了急性肋膜炎而延期入伍。一九五〇年六月，他以戰後第一批留學生的身分前往法國，那一年他二十七歲，去法國繼續研讀文學。

一九五三年，他回到日本，次年，三十一歲，發表了第一篇小說。他是一位在動盪時代成長因而晚熟的作家。

一九五七年十二月他發表了中篇小說〈海與毒藥〉，次年一九五八年出版，並以這部作品贏得了第五屆新潮社文學獎和第十二屆每日出版文化獎等引人矚目的重要獎項。

一九六六年三月，他出版了長篇小說《沉默》。《沉默》是一本深浸在宗教思考中的歷史小說，而且到由馬丁．史柯西斯改編為電影在台灣拍攝，經過了半世紀的時間。

遠藤周作是一個不折不扣的「昭和男」，他幾乎沒有任何大正時期的記憶，成長與活躍的經驗都落在一九二六年之後的昭和時期。「昭和男」最主要的歷史特色，就在於他們的戰爭經驗，雖然一直拖到二十二歲戰爭結束，遠藤周作沒有上戰場，但他仍然經歷日本軍國主義上升籠罩社會、控制生活的發展。

他們家搬到中國東北就是日本以武力擴張占領中國的一環，回到日本長大受教育的過程中，他也一直感受到可能被徵兵送上戰場的壓力，在戰場上他會經驗什麼？他是否還能活著從戰場上回來？誰都不知道，他自己當然也不會知道。這就構成了內在於他生命的糾結困惑。

競逐諾貝爾文學獎

二十世紀中日本作家和諾貝爾文學獎，形成了兩組幸與不幸的對照名字。

第一組是川端康成和三島由紀夫。三島由紀夫在國際間成名較早，作品大量翻譯為外國文字，也因而被提名角逐諾貝爾獎，然而卻是川端康成一九六八年成為第一個獲得諾貝爾文學獎的日本作家。雖然三島由紀夫比川端康成年輕，但諾貝爾文學獎一年只頒一次，又以全世界為範圍、以西方語言為主要選擇對象，川端康成得獎，也就使得三島由紀夫對於自己在有生之年還能等到獎的希望徹底破滅了。

另外一組則是大江健三郎和遠藤周作。這兩位作家有共同背景，兩個人都是念法文系出身的，因而兩個人的作品中都感染了強烈的西方風格，容易被西方讀者接受。不過遠藤周作比大江健三郎年長十二歲，加上他的作品帶有強烈的基督教意識，讓很多人相信日本如果有機會再出一個諾貝爾文學獎得主，那就應該是遠藤周作了。

一九九三年，遠藤周作七十歲時，出版了一部龐大的作品，不是篇幅上的龐大，而是企圖上的龐大。很多人將這部《深河》視為遠藤周作更進一步朝向諾貝爾文學獎的積極努力，是他的晚年扛鼎之作，然而，第二年，卻是大江健三郎獲頒諾貝爾文學獎。

前面的川端康成是以傳統日本美學代表的性質得獎，大江健三郎則被視為是日本戰後世代的反省良心，以其帶有高度存在主義意味的小說呈現了日本的戰爭經驗。其實戰爭結束時，大江健三郎才只有十歲，作為典型「昭和男」的遠藤周作應該更有資格、更有體會來寫戰爭吧！

但大江健三郎就是有本事用各種方式表現戰爭對日本長遠的破壞，尤其是精神面的嚴重損傷。戰爭結束時他才十歲，然而他在〈為什麼孩子要上學？〉這篇文章中提出了他自己小時候無論如何不願去上學的理由。那是在戰爭結束時，他看到了學校老師的改變。一個星期前還信誓旦旦教導學生日本一定會打敗美國，美國人如果膽敢踏上日本土地，日本人戰至最後一個人也必定要殲滅他們的這些老師，突然之間改口要求學生服從來到日本的美軍，也改口稱讚美國與美國人。

這樣的衝擊在十歲男孩心靈上留下了不可磨滅，到八十歲都忘不了的傷痕。他無法理解、更無法接受大人，尤其是要求小孩無條件服從的老師，竟然可以如此轉眼就從詛咒美國人，變成巴結討好美國人。所以他不願去上學，無法讓自己去面對這樣的老師。

戰後的檢討與反省

大江健三郎將自己對戰爭的反感與反省，推到十歲的少年時期。很多人留下印象，覺得日本人發動了戰爭，尤其對中國的侵略戰爭，卻在戰後不斷逃避反省，仍然企圖掩飾、甚至美化戰爭。

當然，如果去到他們的靖國神社，的確會被那種右派衛護戰爭歷史的立場震驚、激怒，但日本不是只有這樣的右派態度。我們不能忽略、否認左翼人士對於戰爭的強烈批判。日本對於戰爭問題，有更複雜的集體糾結。在簡化的理解中，認為日本人明明是侵略者卻不承認，並且否認屠殺虐待了這麼多中國人，當然是逃避罪責。不過從日本戰後的集體心理上看，他們的逃避還要更深刻、更麻煩些。

他們必須面對兩個巨大的問題。第一是在昭和時期，為什麼會有軍國主義，軍國主義如何壓倒了所有其他價值，成為日本的集體新精神？因為戰敗，當然不能去肯定軍國主義，軍國主義明明白白將日本帶入悲慘的戰後殘破狀態，一定要批判軍國主義，但要解釋軍國主義的來龍去脈，沒那麼容易。

就如同德國人敗戰後要檢討：納粹是怎麼來的？納粹在德國和軍國主義在日本，都不是少數現象，不是單純由上而下權威控制所造成的，而是社會集體運動。換句話說，要檢討的不是幾個人，不是檢討希特勒、揭露希特勒的邪惡就可以了事的。德國人很希望能夠大叫：「都是希特勒！我們都是被他騙了、被他綁架了，我們也都被他壓迫、都想要反抗他！」但他們沒辦法，因為才剛過去的事實還歷歷在目，納粹是多麼龐大、多少人熱情參與的社會潮流。

日本的軍國主義也不是幾個軍人將領或軍部的事。如果要檢討，必定要檢討到自己的父親、叔叔、鄰人，乃至於檢討到自身，誰是完全無辜的呢？

因為如此難檢討，所以德國人長期保持沉默，大部分人都不再說納粹及戰爭的事。那是一種最深刻的壓抑。雖然他們在戰爭末期不只戰場上節節敗退犧牲慘重，而且後方主要工業城市被英美聯合空襲幾乎夷為平地，首都柏林被蘇聯軍隊打入占領、全面破壞，但他們什麼都不能說，默默承受，並且默默展示屠殺猶太人的集中營，默默擔負所有的譴責。

戰爭結束後的德國城市裡一片靜寂。街道上斷垣殘壁，人們安安靜靜走過，安安靜靜清除廢墟、運走屍骸，安安靜靜找尋能夠寄居的角落。這是外在的沉默。還有內在的沉默，他們的意見中不能有任何看起來像自我辯護的內容，壓抑在記憶中想要原諒自己的說法。要經過將近二十年，等到德國經濟復甦，重新取得國際地位後，他們才能打破這樣的內在沉默，開始表達關於戰爭的傷痛。

日本卻不是。日本同樣是戰敗國，而且在發動戰爭與戰事進行上，日本堅持得更久，也比德國堅持得更徹底。然而他們沒有沉默，依照大江健三郎的回憶反省，戰爭一結束他們就有話說，說出了歡迎、討好美國人的話。所以日本人的檢討，不得不多加另外這個巨大的問題：到底是一個什麼樣的民族、什麼樣的國家，竟然會集體直覺地在戰爭結束後立即逆反了原本的精神、面目，全盤接受戰勝者？

「恥感」與「罪感」

所以日本戰後產生的，是更深的疑惑與焦慮，因而和文學有了密切關係，也刺激了文學在戰後快速復興、蓬勃發展。日本人弄不清楚自己是誰，是什麼樣的人，他們必須積極地去探索「何謂日本」？

這種精神狀態凸顯地反映在潘乃迪克的《菊與刀》翻譯成日文，在戰後日本竟然成為暢銷書的現象上。潘乃迪克沒到過日本，不懂日語也不識日文，之前也沒做過日本研究。她是以人類學家的身分接受美國海軍委託，作為戰爭需求去解釋日本的民族性。她能夠用來理解日本的資料，主要是因戰爭被集中拘留的在美日人，她對這些人進行了密集觀察、訪談，就寫出了一本為了幫助美國軍方認識日本以便戰勝日本的書。

這樣一本書有太多理由引起日本人反感。然而事實是日本人卻興味盎然、甚至飢渴地閱讀吸收潘乃迪克對他們的描述、分析。固然是潘乃迪克的洞見具備高度說服力，但要能克服所有可能的反感因素，背後更需要有日本人的集體焦慮——他們太急切想要知道自己到底是誰了。

美軍總部離開日本、結束占領之後，日本有了新憲法，形成了「五五政體」，自民黨穩定長期執政。松本清張帶領「社會派推理」崛起，逼迫日本社會凝視美軍占領時期製造出的問題。那些為了生存、為了發展而投靠美國人，從和美軍合作、甚至修改自己過往軍國主義資歷的人，在新的時代該如何自處？那樣一段非常時期的帳又該怎麼算呢？為了要掩藏不方便的過去，為了保護自己戰後取得的身分與利益，他們不惜將可能洩露祕密的人殺掉，這是松本清張小說中最令人驚心動魄的凶案動機；而挖掘、彰顯這份歷史所造成的內在黑暗，在松本清張的小說中也比推理探查出凶手是誰要更重要、更有意義。

在這樣的時代潮流中，一九五八年，遠藤周作出版了《海與毒藥》，這本書的創作用意，遠藤周作自己說得很明白，是為了探索日本沒有「罪感」的問題。這顯然是呼應潘乃迪克在《菊與刀》中主要結論——日本是「恥感」的文明，和西方源自基督教的「罪感」文明大異其趣——而來的。也和松本清張一樣，對於日本人戰後和美軍的互動感到高度困惑。

不過特別之處，在於遠藤周作自覺地以一個日本天主教徒的身分進行這方面的探索。

「原罪」是基督教不可動搖的根本，《舊約聖經．創世記》記錄了人的來源，每個人都是犯錯被從伊甸園裡趕出來的亞當、夏娃後裔。到了《新約聖經》中告訴我們，原本背負祖先罪責的人類，靠著耶穌基督「無罪受難」的無邊慈愛，才終於重新得到了救贖回到伊甸園、甚至升上天堂的機會。這套環環相扣嚴密的論理，才得以讓基督教傳播那麼廣，得到那麼多信眾。

人不只帶著原罪，還必然是不完美、必然會犯錯的。所以不只是戀慕崇拜完美的上帝，而且期待藉由對上帝的信仰得以在不完美、犯錯連連的人生結束後，能夠進入不同的超越境界，享受永生的幸福。人不能傲慢，必須經常意識到自己的不完美，對自己的錯誤進行檢討懺悔，才能維持信仰，靠近耶穌基督和上帝。

如此，罪的概念與意識，當然就深入以基督教信仰為根柢的西方文化了。然而日本沒有這種傳統，日本文化中沒有類似的上帝與救贖信仰，這樣的社會如何看待人的錯誤，如何形成罪責的觀念？

潘乃迪克提出的觀察是：罪在西方是內在的，在日本卻是外在的，所以特別稱之為「恥感」文化。西方的「罪感」是內在的壓力、恐慌，擔心自己犯錯，又意識到自己必然犯錯。日本的「恥感」則是外在的，是透過別人的眼光，譴責或輕賤的眼光帶來了羞恥的痛苦，得到了罪的懲罰。

易卜生（Henrik Ibsen）最重要的劇作，除了《玩偶之家》外，有《人民公敵》（*En folkefiende*）。劇中的主角是一位特立獨行因而被社會大眾視為「公敵」的人，然而他心中明白也始終堅持自己是對的。在別人眼中他是羞恥的，別人會用各種方式羞辱指責他，但內在，他沒有「罪」。「恥」與「罪」不一樣，必須分開對待。

遠藤周作順著這個論理，在《海與毒藥》中描寫一個沒有內在罪感的社會，在這社會中會發生什麼樣可怕的事。

集體的自我安慰

潘乃迪克告訴日本人，他們很重視別人的看法、集體的價值判斷。行為的對錯，他們不是依照內在標準去判斷的，而是考慮社會群體的意見，如果違背了大家的看法，被施以譴責羞辱，對他們來說再嚴重不過。

日本人都覺得這個說法有效地解釋了戰爭結束前後所發生的事。日本在軍國主義的最高峰時期發動戰爭，又不惜將對中國的戰爭擴大為對美國的太平洋戰爭，在愈來愈不利的情況下，仍然堅持「一億玉碎」。而且的確在各地戰場中日本軍人戰鬥到最後一兵一卒絕不輕易投降放棄。那怎麼會一戰敗，突然間就轉而擁抱死敵美國呢？

那是因為二、三十年的軍國主義發展，儘管動用了武士道精神來鍛鍊日本人，沒有辦法深入日本人的心靈，仍然只是停留在對於表面行為的律定、規範。在戰場上大家彼此監視，軍人會表現得很武勇；在後方，同樣大家彼此監視，平民會表現出為國家犧牲的態度，然而那都是環境壓力塑造的。於是一旦環境改變了，壓力不在了，甚至壓力轉為不同方向，日本人也可以一夕間拋棄軍國主義，站到相反的位置上去了。

翻轉立場在戰後討好美國人，不是羞恥的事。尤其大家都做，不能不做，誰能譴責誰，誰來監督誰呢？

這樣的看法還帶來了對外交代與自我安慰。所以軍國主義並不是深入在日本文化和日本人的血液中，戰爭結束集體壓力不在，日本人也就可以離開、捨棄軍國主義，集體擁抱美國人所帶來的新價值觀。

這對日本戰後的復興，日本後來重回國際，大有幫助。否則國際間一直以懷疑眼光看待日本，日本很難重新抬頭。在新《憲法》中，特別規定日本必須維持永久和平、非武裝狀態，就來自國際的疑慮，在那樣的氣氛下，日本人樂於自己解釋：軍國主義只在日本的皮毛外表，不是日本文化的血肉。

不過這種解釋當然不是沒有後遺症。日本人、日本社會是沒有原則、沒有信仰的嗎？可能有這種社會存在？這種社會不只如何能長期運作，更奇怪的是，如何能培養出日本文化中明顯的許多堅持？尤其是讓許多外國人接觸日本最容易留下深刻印象，在美學上與職人精神上的堅持？

日本仍然是個謎，日本人仍然無法放下自我困惑的焦慮，必須持續從不同方向、不同角度追問。

第二章

棄教之謎——讀《沉默》

遠藤周作與天主教

遠藤周作的《沉默》是一部暢銷小說，剛出版時在一、兩年內賣出了四十萬冊，蔚為文學與社會現象。會成為現象，必定是書籍的關懷、內容擊中當時日本的集體心靈。得以擊中日本集體心靈的，是遠藤周作作為「昭和一代男」，作為戰爭世代一員，他在戰後持續提出的質問：我們是沒有信仰的民族嗎？我們應該接受日本是一個不會堅持原則的社會嗎？

遠藤周作有特殊立場進行質問：他是一位天主教徒，在教會歷史上看到太多堅持信仰的人與事蹟，和日本戰後突然轉向的無原則形成再強烈不過的對比。他找到了在日本也有殉教的天主教徒，他們如此重視自己的信仰，願意承受各種苦難考驗，絕不放棄信仰，他們是怎麼來的？如何放在日本歷史與文化中來看待、呈現、理解他們？

天主教進入日本的歷史開始於一五四九年，藉著大航海的探險發現，西方勢力東來，在這一年有了葡萄牙神父來到日本傳教。而這段歷史卻也有一個明確的終點，將近一百年後，一六三七年在南方九州發生了「島原之亂」，當地的天主教徒不滿藩主的統治，藉由教會組織向藩主伸張、要求權利，演成激烈的武裝衝突，最後必須由德川幕府出兵解決。在此事件之後，德川幕府宣布「鎖國」，嚴禁外人與外來事物進入日本，從此之後，一直到一八五三年，「鎖國」的情況才被培里所帶領的美國海軍船艦強行打破，是為開啟近代連環巨變的「黑船事件」。

當時的幕府認定「島原之亂」源自外來宗教，封阻天主教因而也是「鎖國」的主要目的之一。從中央幕府到地方藩主從此對待天主教的態度徹底改變，不只拒絕天主教勢力繼續擴張，甚至進而緊縮、禁制日本人信奉天主教的自由。

天主教成了禁忌，但天主教徒沒有完全消失，即使施加最嚴厲的懲罰，仍然有一些日本人堅持天主教信仰，發生為了信仰而殉難的戲劇性故事。今天去北九州旅行，其中一個觀光景點，是「雲仙溫泉」，又稱「雲仙地獄」，為什麼稱「地獄」？因為那個熱泉溫度極高，足可以將人嚴重燙傷甚至燙死，更重要的，在歷史上，是真的有發生將人活活放到泉內去燙死的事情，顯現出簡直像地獄般的景象。被放進去的，就是不悔改、不放棄信仰的天主教徒。在滾水折磨下，逼迫他們為了活命，也為了逃離極端痛苦，而願意公開背教。這是幕府與藩主為了徹底杜絕天主教信仰而動用的諸多酷刑中的一種。

在《沉默》書中還提過另外一種，是將信徒綁在海邊的十字架上，讓逐漸漲潮的海浪反覆拍打襲擊，身體所承受的海水海浪壓力愈來愈大，而且到後來潮水會將人整個滅頂。史柯西斯改編拍的電影，這一幕是在台灣北海岸取景拍攝的，看過電影的人應該都有印象。

還有一種酷刑是「穴吊」，把人倒吊懸空放入一個深洞中，看你能堅持多久，看你是要宣告放棄你的宗教，還是要在那極端恐怖的折磨中慢慢死去。

《沉默》故事的背景

在這裡出現了日本歷史上奇特、難以解釋的一頁。經歷如此嚴苛的禁制，日本的天主教徒沒有消失，還是有人前仆後繼成為信徒，在祕密狀態下維持教會，也使得酷刑折磨、懲罰教徒的做法，維持了相當長一段時間，在過程中製造了許多殉教者。

遠藤周作在小說中明白宣示：日本人也有殉教者，而一個人之所以會殉教，必定是將信仰看得比生命更重要。所以不能說日本就是一個只有恥感沒有罪感，隨著外在集體看法可以輕易放棄原則的民族。這些殉教者證明了他們有強大的內在信念力量，他們在最艱難的情況下都沒有背棄信仰。

然而，遠藤周作不只要從日本的歷史中去看殉教現象，還要從更廣闊一點的基督教傳統試圖進行解釋，這使得《沉默》不只是一部日本的暢銷小說，而具備了離開特定社會閱讀潮流仍然有意義、有啟發的深刻文學價值。

在基督教會歷史上，像日本這種殉教事件非常少見。很難想像在中國會有天主教徒願意如此犧牲生命來維持內在信仰。然而換另一個角度看，殉教的故事在基督教傳統中絕不陌生，甚至在教會律定的說法中，基督教最早的成立，就是靠在羅馬帝國時代有那麼多的殉教者勇敢面對帝國的種種迫害。殉教的事蹟召喚起教會最早的歷史記憶。

如果不是羅馬帝國的迫害，根本不會有今天我們所知道的基督教。基督教主張嚴格的一神信仰，除了耶和華之外，不能接受、信奉任何其他的神；對其他的神的信仰，基督教都視之為「偶像崇拜」，和一神信仰絕對不能相容。這樣的態度和羅馬帝國立國、開拓的基礎是根本牴觸的。

羅馬人對外擴張的一項助力是他們的萬神殿（Pantheon），武力進攻到哪裡，就將被征服之地的神祇及其信仰納進來，奉入萬神殿，成為萬神之一，也就表示其子民成為羅馬帝國的一份子。

這是羅馬的一貫策略，卻在國境內遭到基督教的挑戰。基督教不承認萬神殿，不承認任何其他神的存在，因而受到了帝國的強力制壓。然而在各種因素作用下，制壓的做法非但沒有取消基督教，反而在基督教中刺激產生了「殉教烈士」（Martyrs）的傳統，愈是受到迫害，基督徒的信念愈是堅定，信教的人也愈多。

羅馬教會有「封聖」的重要儀式，給予一些信徒最崇高的永恆地位，而早期大部分得到「封聖」隆崇待遇的，都是殉教烈士。大家都知道二月十四日是「西洋情人節」，是St. Valentine's Day，但很少人知道St. Valentine到底是誰。他就是羅馬帝國時代的殉教烈士，不顧帝國禁令，偷偷替基督徒舉行包括婚禮在內的宗教儀式，後來為此喪失了自己的生命。殉教者表現出清楚的態度：你可以奪走我的性命，卻無法要我在信仰上妥協。

《沉默》這部小說的背景，就是在遠離基督教發源地的日本，竟然出現了殉教者，當然吸引了遵奉殉教記憶的羅馬教會高度重視，羅馬教會要如何對待、記錄這個奇特的信仰現象呢？

遠藤周作選擇了題材，堅決探索、呈現宗教信仰究竟是怎麼一回事。然而作為一位小說家，他很明確地沒有要採取單純的教會路線，將這些人的行為事蹟寫成hagiography，弘揚信仰偉大力量的「聖徒傳」。在教會裡，「聖徒傳」有長遠的傳統，累積了大量的作品，然而因為內容大多重複，一味讚揚聖徒信仰堅定，描述受難過程之煎熬，現在即使是最虔誠的教徒大概也都沒有動機、耐心去讀了。

遠藤周作的小說表面上描述殉教，然而他敏銳警覺，幾乎和殉教必然同時發生的，是背教、棄教。在創造出殉教行為的高壓迫害中，必然有人承受不了壓力而選擇放棄信仰，如果沒有這些顯然為數更多的背教者、棄教者，也就無從對照出殉教的難得與崇高了。

傳統上將注意焦點放在殉教者，探討為什麼他們如此堅定、毫不妥協，他們信教的力量從何而來。這種闡述表達方式得以連結到耶穌基督及終極的上帝權威。他們見證了基督與上帝的超越力量。

然而遠藤周作刻意避免用這種方式來寫他的小說，他寫的每一段殉教者事蹟，都伴隨著棄教者的相關行為與動機描述，殉教與棄教如影隨形，永遠並行出現。

教會當然不會對棄教者有什麼特別的關注，更不覺得需要去探問棄教的原因。棄教者就是一般人，會被壓力改變行為，沒有壓力時入教，一旦繼續信教要付出生活上的代價，他們就退縮了。他們的「一般」、「正常」唯一意義是反襯出殉教者的獨特。一般、正常不需解釋，甚至不需特別被凝視、記錄。

然而遠藤周作的文學內涵，就表現在他將棄教與殉教視為一體兩面，真要了解殉教者，必須同時了解棄教者。

探索殉教之謎

《沉默》這部小說開始於一項懸疑、一個謎。

那是費雷拉神父棄教。費雷拉神父是葡萄牙耶穌會派到日本傳教的修士中，地位最高的一位。他的地位、他的成就建立在堅實的能力與信仰基礎上。然而這位神父到了日本之後，他棄教的消息卻傳回葡萄牙。

小說的主角洛特里哥是費雷拉神父的學生，他絕對不相信老師會棄教，他明明就知道老師對於基督教的認同與信仰如此深刻。所以為了弄清楚這件他無法接受的事，他心中有了強烈的衝動，即使聽說日本政府以高壓方式禁制、迫害基督教徒，還是一定要前往日本。

洛特里哥想去日本還有一個加強的動機。對耶穌會修士來說，去最艱難的地方傳教是理應的選擇，那也可以算是一種變相殉教信念的產物。在方便、容易的地方傳教，即使有什麼成就，也不是事奉主、最能彰顯信仰的方式。到艱難的地方忍受痛苦與挫折，才證明了自己信仰的強度，證明了自己對上帝與耶穌最虔敬的信任。

這兩位葡萄牙的年輕人決定去日本，內心已經燃燒著殉教的火光，明知可能被以各種形式迫害，明知日本的教徒都遭到了嚴酷打壓，仍然要去扮演解救教徒與解救基督教的角色。

除此之外，洛特里哥還要去證明自己所崇敬的老師，不可能背棄信仰，那條消息一定是誤傳。如果老師死了，要帶回他是殉教而死的證據；如果老師還活著，那必定處於被迫害的狀態中，是被迫害的扭曲環境中才會誤傳他背教。

所以出發之時，洛特里哥已經是一個殉教的候選人，做好了要在日本殉教的精神準備。而且他還期待，不只自己要朝向殉教的結果，還要證明老師費雷拉神父也是一位殉教者。兩個交織的殉教念頭驅使他前往日本：一個是面對自己，要讓自己坦然為宗教犧牲；另一個是面對老師，要忠於老師去日本找出老師殉教而非背教的堅實證據。

「殉教」是小說的核心主題，然而從一開始，殉教的高貴理念就是和棄教的陰影並存的。費雷拉神父到底有沒有棄教，是必須被澄清、被解釋的。而隨著小說敘述的推展，陰影不斷擴大，殉教的部分縮小，關於棄教、背教的思考、討論一直擴張，而且一直深化。

如何解讀棄教？

《沉默》提出的核心問題不是人為什麼殉教，而是問：我們真的了解那些背教、棄教的人嗎？一個人為何、如何放棄信仰？不見得承受壓力就理所當然會改變信仰、放棄信仰，應該要有更立體多面的解釋。

小說一開始上場的幾個角色，發揮了不同層次的引領作用。洛特里哥要去找費雷拉神父，小說以他的書信、報告為主體，透過他的第一人稱敘述。然而另外有一個開頭看來不起眼，後來卻愈來愈重要的角色，那就是吉次郎。

洛特里哥第一次去澳門，最早傳回的信件中就提到了吉次郎。一開始吉次郎的形象猥瑣、懦弱，不敢承認自己是信徒，只要被孤立就趕快投降，沒有脊梁、一點骨氣都沒有。很明顯，那是殉教者的對反，殉教者必定有所堅持，在心靈中充滿信仰，藉由信仰的力量而挺立在反對力量之前不輕易讓步，不會屈服也不會倒下。

吉次郎卻毫無原則勇氣，只要有人稍微舉起拳頭，甚至還不用打到他身上，他就先乖乖服從了。然而到了小說後面，卻在吉次郎身上發生了出乎意料的事。藉由這樣一個角色，遠藤周作的用意是要指出，棄教絕非如想像中的簡單，吉次郎是棄教者，而且還不只一次棄教。被要求踩過耶穌基督畫像來證明自己不是天主教徒時，吉次郎至少兩次照著做。他還曾經出賣洛特里哥，害洛特里哥被抓。

但什麼是「多次的棄教者」？表明放棄信仰，不再是教徒了，怎麼還會需要第二次、第三次再受背教的考驗，通不過考驗而第二次、第三次背教呢？唯有具備天主教徒身分，懷抱基督教信仰的人才會遭到壓迫，如果已經證明了自己不是天主教徒，為什麼還要第二次再去踩過耶穌基督的畫像？

除非他在棄教之後，又重新回到教會，或重拾曾經被他背棄的信仰。吉次郎就是這樣的人。他放不進我們一般的認知架構中，成了一個令人迷惑的人。在一般認知中，有一種是信仰堅定的人，遭到迫害他們會選擇殉教；另一種是軟弱的人，遭到迫害他們就屈服在強權下自我保護。然而吉次郎既非前者也非後者，他不堅持自己的信仰，卻也不放棄，他信教但不敢堅信，他棄教卻也不是就此遠離原來的信仰。我們無法用原來的概念來安排、處理他。

我們到底該不該將吉次郎視為信徒？從一個角度看，他是最可鄙的人，甚至無須嚴酷折磨，光是餓他兩天他就投降了。他沒將信仰認真當一回事，是個輕蔑信仰的人。但換從另一個角度，我們看到的是他一次又一次回到信仰的道路上來。無論洛特里哥走到哪裡，他都隱約覺得吉次郎在跟著他。吉次郎每叛教一次，只要有機會，總是立刻又到司祭面前拜託：請接受我懺悔，我要回來當教徒。他比誰都虔誠。

該如何解讀吉次郎的行為？遠藤周作特別安排了這個讓讀者不安的角色。簡單的殉教、棄教二元邏輯不足以安放吉次郎，當然也不足以涵蓋這個複雜的真實世界。

吉次郎的困惑

在小說中，吉次郎說過一段逼人深省的話：「上帝為什麼要這樣對待我？他為什麼把我生作為一個弱者，卻讓我相信只有強者才能相信的宗教？」這是他心中真正的疑惑。雖然他那麼猥瑣，但在這方面他如此真誠，他逃避迫害，卻沒有逃避這個絕然的巨大問題，向上帝叩問：「為什麼是這樣的信仰？我不適合這個需要勇氣的信仰，我是個弱者，但為什麼我偏偏相信呢？」

相對地，洛特里哥一直在逃避這個問題，他沒有辦法幫吉次郎回答這個問題，因為吉次朗的問題其實是洛特里哥自己更龐大問題的一部分。他的問題就是書名：沉默，上帝的沉默。

當受到折磨考驗時，一個信徒最需要的，是證明上帝的確存在，值得他如此犧牲。從《聖經》到羅馬教會的正式紀錄，有很多奇蹟，有些人突然就看到了耶穌或上帝，或突然就在身上具備神能。在那瞬間，疑惑解決了，上帝的確存在，信仰上帝是應該的，是對的。

然而洛特里哥及他周遭信徒的狀況卻不是如此。在他痛苦並一步步走向絕望時，他遇到的只有——上帝的沉默，上帝什麼都不顯示。他特別感受到那令人難以忍受、甚至令人難堪的沉默。在他眼前，邪惡的力量在迫害他的信徒，這些人向他求救，向上帝祈禱，發出淒厲的哭喊，依照信仰的故事，不是應該有一份超越的力量及時降臨，將信徒扶起並懲罰惡人嗎？為什麼在現實中，卻是惡人獰笑地從虐待信徒中得到他們的滿足？

上帝在哪裡？如果上帝對於如此挑戰祂的現象都保持沉默，那上帝是否存在有差別嗎？上帝沉默，還是根本沒有上帝呢？如果還要相信有上帝，那就必須解釋上帝為什麼選擇保持沉默都不現身？

洛特里哥幾度遇到嚴峻的考驗。他做出了人生最重要的選擇，為了對於上帝的信仰遠走日本，準備為了信仰奉獻生命，所以去被認為最難理解上帝真理的地方，誠心以做好殉教預期的態度去傳教。然而這段過程中，他沒有一次聽見上帝對他說話，或對他顯示任何訊息。

所以應該認為根本沒有上帝嗎？如果那樣，不就等於完全推翻了生命的意義嗎？原本神聖、崇高的選擇變成了一個笑話，生命的核心與價值都消失了。於是只能繼續堅持上帝存在，只不過上帝是沉默的。但如此衍生出許多接踵而來的問題：上帝不說話、上帝不作用，那麼信奉上帝的目的是什麼？信或不信，堅持或放棄，真正的差別在哪裡？上帝為什麼可以如此對待祂的信徒？居於上帝和信徒間的使者，作為上帝的牧者，當上帝沉默不語時，傳道人該怎麼辦？

洛特里哥信仰的危機

小說的問題在基督教信仰中展開，然而碰觸探討的並不侷限在基督教內、甚至不只在宗教的範圍內。而是尖銳地對所有的善惡因果信仰提出了質疑，如果善惡之間沒有因果連結，我們還能如何安放自己的價值信念？

在現代環境中，還要作為教徒，不管是基督教或其他宗教的教徒，你的態度是什麼？你之所以投身宗教，因為有很強烈的信仰，需要明確的信仰，還是其實倒過來，是因為你不想承擔關於信仰的思考，所以將自己交給一套現成的宗教答案？

這是遠藤周作要點出的一項根本矛盾。許多外表的、身分上的信徒其實是最沒有信仰的人。他們採取的是被動、懶惰的態度，反正法師說什麼就是什麼、牧師說什麼就是什麼，正因為不追究、不用追究自己真正相信什麼，樂得輕鬆。

信仰應該是這樣嗎？這樣的人算是信徒嗎？人和自己的信仰之間，該有什麼樣的關係呢？你宣稱自己相信什麼時，到底有多少堅定的準備，當信仰被質疑、被考驗時，你會採取什麼樣的態度來對待？

這當然不限於有組織的宗教信仰。你相信台灣至上，你相信人道主義，你相信不殺生，你相信性別平權……所有的這些信念都有其內在的脆弱性，尤其是和信徒之間不穩定的連結變數。遠藤周作的小說就是要點出這份不穩定與脆弱，提醒我們更認真看待自己所相信的。

即使是像天主教這樣有傳統、深厚的信仰，都可能產生巨大的危機。洛特里哥和他的同伴剛上岸到達日本時，他們對於日本的天主教徒以及迫害教徒的人，都只有抽象而非具體的認識。要到他們真正遇見這些人，這些人有了面貌、有了名字，才一點一點成為真實經驗的一部分，洛特里哥也才逐步進入一個迫害信仰的世界中。

剛到日本時，洛特里哥抱持著從教會裡學來的抽象使命感，認定自己是上帝的使者，奉派來幫助那些受迫害的信徒，也是他們的看護保護者。逐漸地，他發現這是一個多麼空洞、甚至危險的觀念。他要讓日本信徒們相信：遠道而來的傳教士是有用的，因為他們背後有教會、有上帝；但實際上呢？他們能做的只有躲著，連要替信徒執行儀式都做不到，沒有宗教的功能，更不可能提供信徒任何現實的幫助，反而是因為他們到來、因為他們躲在村子裡而使得村民承擔更高的風險。

他的到來，使得這些信徒原本潛在的迫害威脅變得更具體，到後來連他自己也被迫害了，他還怎麼代表他的教會、他的上帝來解救這些遙遠的信徒？

依照原本在耶穌會中得到的訓練，看到這些人受苦時應該替他們祈禱，並為他們感謝上帝，慶幸他們就要到天國去了。在日本他的確看到了有信徒被倒吊折磨時高聲唱著：「我們要去天國了，我們要去天國了……」然而洛特里哥發現，要維持那樣的信仰，需要極大的精神力量，而他並不具備可以如此自我欺瞞的精神力量。

要能夠看不到他們當下的肉體痛苦，一直想著：再過一會兒他們就去天國了。他做不到。他無法阻止自己想：如果真的有上帝，祢的敵人正以毫不保留、最無恥的方式傷害祢的信徒，那祢站在哪一邊？祢怎麼可能不站邊呢？但上帝卻是沉默的，沉默代表什麼？代表祢沒有站在信徒這一邊？如果祢一直保持沉默，我要如何感覺祢在、相信祢在？這種時候祢都不在，那什麼時候、什麼場合祢才會在？

他一再意識到上帝的沉默，上帝應該在的時候，卻感受不到上帝。於是他不得不動搖了，當三個農民要被丟到水中時他忍不住懷疑：此刻放棄上帝是不是比較好？放棄了上帝得到生命那又怎麼樣？沉默一次又一次，逐漸一分一分增加重量，到達洛特里哥無法承擔的程度。

日本人真能成為天主教徒嗎？

《沉默》書中明白顯示了：在日本信奉天主教不是一件正常的事。順著這個事實往前推論，遠藤周作要問：日本人有可能成為真正的天主教徒嗎？

小說是從一個葡萄牙耶穌會司祭的角度去寫的。剛開始是洛特里哥的書信和他寫給教會的報告，使用第一人稱；接著轉成第三人稱，但仍然依循著洛特里哥的經驗與意識來呈現。後面再穿插兩份文件。觀點有變化，但基本上沒有離開洛特里哥的主觀。

這其實是個奇怪的觀點，因為所有的日本人，不論是教徒或迫害教徒的人，都必須透過一個外人，一個對日本相對陌生的洛特里哥的眼光來表現。後來洛特里哥找到了他的老師，已經棄教的費雷拉神父，兩個人討論起最關鍵的問題：日本人為什麼會信仰天主教？然而那麼關鍵的問題，卻沒有日本教徒自身的說明，而是由兩個外人來提供解釋。

日本人為什麼要信天主教？一個教會本位的標準答案是：因為上帝是真理，發現了真理就會信教。這樣的答案碰觸不到真實的狀況。費雷拉和洛特里哥他們有了真實的日本經驗，他們提供了比較具體的社會條件背景。在德川幕府統治下的日本農民很可憐，飽受各種壓迫，天主教給了他們天國的嚮往，他們得到信仰的安慰所以投身成為信徒。

但這樣的說法，真的可以解釋小說中我們遇到的那麼多信徒的狀況嗎？那一波一波在海邊被釘十字架的人；那被逼迫用腳去踩踏耶穌畫像的人；被用草包住投入海中，等草浸滿海水變重了，他們就會像一顆石頭般沉入海底的人；還有反覆叛教又回到教會的吉次郎——他們都是為了追求緩解生活壓力而信教嗎？

小說中沒有讓我們真正聽到他們的聲音，這是另一種沉默，信徒的沉默。為什麼遠藤周作不讓日本天主教徒發出聲音來告訴讀者為什麼他們信教、為什麼他們殉教、又為什麼他們棄教？為什麼沒有這些日本天主教徒自己的聲音？

吉次郎說自己是一個弱者卻相信了需要強者勇氣的宗教。但這樣的話語不是有效的解釋，只是另一種提問。為什麼明知自己是弱者，卻一再回到需要強者勇氣的宗教裡來？很顯然的，吉次郎自己也不知道，所以他只能訴諸於上帝，對上帝抱怨哭喊，因此他更無法不相信上帝的存在。

遠藤周作自己是一個天主教徒，然而小說中卻表現出根本的懷疑，沒有答案地提問：日本人真的能成為天主教徒嗎？他不是要客觀地去分析、呈現日本天主教徒的性質，而是切身地、誠實地探求：我們這些日本人，可以算是真正的天主教徒嗎？

小說中費雷拉神父明言：日本人永遠不會成為真正的天主教徒。從小說內部邏輯來看，這段話是合理的、必須的，在這裡鋪陳洛特里哥下一步的重大決定：要不要棄教，要不要做出棄教的表現。然而深入一點看，這是一部日本天主教徒寫出的小說，那麼其訊息與意念，就不會停留在小說內部邏輯的層次，而必然牽涉到遠藤周作自身的信念與宗教體會。

遠藤周作的核心關懷

為什麼要在小說中讓兩位葡萄牙神父斬金截鐵地伸言「日本不可能有真正的天主教徒」？那作者遠藤周作自己是什麼？他不可能不自問：「我是真正的天主教徒嗎？」

這裡我們察覺了小說和後來改編電影的根本不同之處。將近五十年後才拍攝的電影在人物、情節上忠實依照小說呈現，但根本差異是：背後沒有了日本天主教徒作者，沒有了遠藤周作的矛盾。

電影是以客觀形式呈現的，就是讓我們看到在那個時代的日本發生了什麼事，沒有讓觀眾感覺到這是從葡萄牙教士的主觀中去體會並疑惑的景象。也就不會感受到一個日本作者卻只讓讀者聽到葡萄牙神父說「日本不可能有真正的天主教徒」卻既不答辯，也不呈現日本天主教徒自己的看法，這中間深刻的矛盾。

小說本身沒有提供清楚的解釋，我們無法在《沉默》裡尋找答案，因為這是遠藤周作真切的生命疑惑，一直到他七十歲寫出《深河》，他一直以不同形式在作品中自問：「我是一個真正的天主教徒嗎？」「我為什麼信仰天主教？」「在日本作為一個天主教徒到底意味著什麼？」

可以這樣說：從一九五三年開始寫小說，遠藤周作的主要作品都是環繞著這組問題，因為那是他生命的核心關懷。作品和他自己的人生緊密地纏捲在一起。

他寫過一篇高度自傳性的小說〈影子〉，大家可以在《遠藤周作小說選》中找到中文翻譯。這本由林水福編選的小說集一共收錄了三篇作品：〈到雅典〉是遠藤周作在一九五四年最早發表的小說，另外還有一篇〈海與毒藥〉在日本是一九五七年連載、一九五八年出版單行本的。《遠藤周作小說選》將〈影子〉放在〈到雅典〉和〈海與毒藥〉中間，但〈影子〉這篇的寫作時間其實是一九六八年，寫完

《沉默》之後才寫的，不只比其他兩篇晚，而且屬於遠藤周作不同的創作階段。〈影子〉的小說虛構成分不多，具備了強烈的散文真實性，在其中遠藤周作還提到了自己創作《沉默》的過程。〈影子〉用的是書信體，是寫給一位從西班牙來到日本的神父的信。然而開頭解釋：「我」寫了三次信，但三次寫的都沒有寄出去，也不確定這次再寫的會不會寄出。

信中「我」回溯了自己信奉天主教的幾個關鍵事件。「我」是因為媽媽而信教，而媽媽又是因為姨媽而信教。「我」的父母從大連回到日本之後就離婚了，受到離婚的重大打擊，母親因而接受阿姨的勸說、帶領接近了天主教會。母親遇到了教會中的一位神父，愛上了那位神父。那完全是精神性的愛戀，不過顯然並不是母親一方的單戀，而得到了神父一定程度的回應。於是有一段時間神父經常進出家中，取代了父親，成為男孩成長過程中的男性權威。

「我」不只在母親強力要求下被迫受洗，而且母親一心一意地要將兒子培養、鍛鍊成像她戀慕的神父那樣的男人，那個神父變成了「我」人生目標的投射所在。

呼應《沉默》的「影子」

寫完《沉默》之後寫出的〈影子〉中，出現了呼應《沉默》主題的「影子」。

小說中的「我」對這位介入他成長過程的神父說：「你是強者，而我是弱者。母親因為信奉了天主教，將意志依附在天主教上，因而也成了一個強者。」母親堅決要求當年十歲的男孩也必須成為天主教徒，而且還替他選擇了榜樣，強迫他必須成為和神父一樣的人。

但「我」卻不斷意識到自己和神父之間的絕然差別。神父是一個有堅定意志又有嚴格自我紀律的人，要不然也不會選擇從西班牙到日本來傳教，又留在日本。「我」沒有這樣強悍的性格，神父的存在更對比凸顯了「我」在性格上的孱弱。

遠藤周作表達了自己年少時最大的痛苦來自於強者與弱者間的關係，並不是強者霸凌、欺負弱者，而是兩位強者要以他們的強悍將弱者也培養成為強者。在這樣的關係中刺激出「我」的拒絕與叛逆，而能夠採取的策略，則是愈發自暴自棄刻意讓自己成為最懶散、最沒有生活紀律的一個人。

藉由〈影子〉的旁襯，我們對《沉默》有了不一樣的讀法。《沉默》裡有一個隱性的、彷佛影子般存在的角色，一個弱者吉次郎。顯然遠藤周作並沒有要將吉次郎寫成一個負面的角色，非但沒有要嘲笑吉次郎，甚至在態度上是幽微地認同他的。

一個自覺的弱者，對於強者有許多情結。尤其對那樣一種不欺負、不霸凌，而是多所照顧弱者的強者，要如何看待和這樣的人之間的關係？這沒有那麼容易，沒有理所當然的答案。在〈影子〉中，「我」採取的是故意讓強者失望的方式來保存自己僅有的尊嚴。他的自暴自棄重點在於抗拒兩位強者對他的預期，表示沒有徹底服從強者，完全接受強者的控制。

這是對於我們解讀《沉默》大有幫助的訊息。

千萬要避免的誤會：知道遠藤周作是一個天主教徒，就認定那是他主要的、自然的身分，一定是從宗教信仰的角度來寫他的小說。他的小說之所以值得讀，正是因為他真誠地面對自己天主教徒這個身分，尤其是這個身分不自然也不必然的部分。

他被迫成為一個天主教徒，他要探索如此一來自己究竟成了一個什麼樣的人，和天主教的關係又是什麼？不是自願、不是愉快地進入天主教會，在裡面清楚感覺到自己是個弱者，對於教會在信仰上的許多要求，自己並不具備那樣的精神強度來遵守、完成。

年紀愈大，一個問題愈是在他心中投下更大的陰影：為什麼我仍然是一個天主教徒？為什麼我沒有放棄？遠藤周作用小說來尋找這些問題可能的答案，會一直寫出與宗教有關的不同小說，就是因為無法得到確定的答案。

第三章

無罪感的社會——讀《海與毒藥》

東方與西方

日本人怎麼成為天主教徒？遠藤周作自己就居於這個問題的核心位置。一九五〇年他去了歐洲，在巴黎待了三年，一九五四年他寫了小說〈到雅典〉，就從這段經歷取材。

日後回顧這篇最早發表的小說，遠藤周作表示：是受到日本老師的鼓勵而發表的，發表後引來了不少前輩嚴厲的批判，但自己始終偏愛這篇作品，因為其中包含了他後來小說作品全部的題目與追求。

他這段話是真心的嗎？如果是出於真誠，那意味著什麼？我們如何從〈到雅典〉中找到遠藤周作小說中所有的題目與方向？

小說中描述「我」在巴黎有一個女朋友，但「我」現在要回日本了，必須和這位白人女友分別。他在馬賽上船遠航，上船之後倒敘回想自己和女友的關係。那是一場永遠的告別，以當時的環境條件，從此兩人很難再有機會見面了，更是絕對不可能重拾原來的關係。

不得不告別之後，敘述者上了船，在船上找「四等艙」，卻找不到。後來才發現船上沒有「四等艙」這種名稱，那其實是在沒有裝那麼多貨物時，臨時將部分貨艙空間挪來載人，也就是整艘船當中最糟糕、低下的空間。在那裡除了他一個日本人之外，只有一個倒在床上起不來的病人，一個黑人女性。

小說標題〈到雅典〉有一個奇特、反諷的來源。他的目的地是東方，要經過蘇伊士運河，不是要去雅典，但處在貨艙中，他覺得自己根本是被當作貨物載運的，他看到工人將一箱一箱的貨物搬走讓出給他的空間，自己就像是那些貨箱的替代。讓他留下深刻印象的是那些搬出去的貨箱上，都印著「到雅典」，於是他就用「到雅典」當作這趟旅程中自己的代號。

他在船上回想作為一個黃種日本人，在巴黎交了白人女友的經驗。他記得第一次和女友有肉體關係時，將衣服脫了，原本對自己的身體沒有什麼特別感覺，但從鏡子裡看見女友的身體，頓時產生了強烈的自卑感。黃色的皮膚和白色的皮膚就是不一樣，而且就是會有好壞、高下的差別。

他回憶和女友去了里昂，那是女友長大的地方。他表現得意態闌珊，女友就決定帶他去尋訪兒時的玩伴。他們去的時候，那個人家裡正在開派對，熱鬧得很。在介紹時，女友匆忙地加了一句，說：「這位是我的未婚夫。」似乎必須藉由這個身分才能解釋為什麼會有一個黃種男人出現在他們之間。

然後在派對上，他強烈意識到別人的眼光，也等於是在想像中透過別人的眼光看見了自己。他覺得在場所有的人沒有一個相信「未婚夫」這個身分，一個東方男人怎麼可能會是那個女生的「未婚夫」？

他清醒地，帶點自虐意味地聆聽別人藏在心裡沒有說出來的話。接著在派對上發生了兩段暴烈戲劇性的對話。

民族自卑感

先是有一個人好意過來搭訕，問他從哪裡來之類的話，但他的反應卻是激動地跟人家說：「我不是中國人，我從日本來，那是一個有人會切腹自殺的野蠻國度！」好像嫌這樣還不夠讓人家討厭日本，又補了一句：「就是那個發動戰爭，在中國南京幹了許多野蠻事情的國家。」

為什麼要這樣說？那是他用來表達不願意接受別人好意的方式。女友在旁邊聽見了他說的話，很哀傷地對他說：「我愛你，難道不夠嗎？」他仍然沒有平息情緒，立刻回答：「不夠！」

他要表達的訊息很清楚。作為一個日本人、黃種人，在西方環境中，無可避免要感受多重的自卑，那是絕對無法解決，不能靠別人的好意，甚至不能靠女友的愛來解決的自卑感。

會對自己的身體感到自卑，會對自己的文化與風俗習慣感到自卑，會對自己認定別人知道的事、別人的眼光感到自卑。

詩人余光中六〇年代去了美國，在美國寫下長詩〈敲打樂〉，詩中讓人印象最深、感到驚心動魄，也必然引來最多批判的，是反覆再三痛苦地叫喊：「中國中國你是條辮子／商標一樣你吊在背後」「中國啊中國你逼我發狂」「中國中國你令我傷心」「中國中國你令我早衰」「中國中國你令我昏迷」……

那是很類似的情緒。到了西方，會一直意識到別人刻板印象裡的日本或中國，想要避開、想要不承擔都沒辦法，以至於痛苦地以別人的眼光來看自己，因而厭惡自己、瞧不起自己。

這樣的經驗到了船上，多了一層複雜性。和「我」一起在「四等艙」的是生病的黑人女性，病到無法下床，以至於用餐時「我」需要記得替這位「艙友」帶食物回來，整艘船上只有這個病人和他被隔離於存在卻又不被承認的「四等艙」，產生了一種同病相憐的連結。然而彼此互動間，「我」又不得不感受到自己對於黑人根深柢固的不屑或歧視。一直到女人病死了，屍體被投入紅海中徹底消失了。

〈到雅典〉凸顯出人種，作為日本人和其他人不同之處，不論喜不喜歡，對應白種人就是會有自卑感，對應黑人就產生了歧視。身為日本人而活著究竟是怎麼一回事？這應該是這篇小說中彰顯出來遠藤周作未來作品的重要主題、方向吧！

這方面遠藤周作和其他日本作家都不一樣，因為他信奉了非日本的宗教，成了隸屬於羅馬教會組織下的天主教徒。他被迫更敏銳感受到普遍的「人」與特別的「日本人」兩者間宿命的緊張關係。即使擁有天主教徒的身分，在法國，別人看你的眼光中，必定還是先看到會切腹、會發動戰爭、會在南京屠殺中國人的奇特日本性質，在這樣的眼光中，天主教徒身分有意義嗎？那為什麼還要當天主教徒？

《海與毒藥》故事的背景

那麼，放棄天主教身分不就得了？

如果關於基督教信仰的選擇可以如此容易解決，遠藤周作就不會寫出這些精采的小說作品了。這個身分和他的生命歷程從很早的時候就緊緊纏捲在一起，根本解不開，他無法棄教，這不在他自主意志選擇範圍之內。

一九五八年他出版了《海與毒藥》，一部他打算要「探索日本人沒有罪感的問題」的小說。不過小說內容探觸的面向，比作者自述目的還要更複雜、深刻。因為小說從最根本「什麼是罪」的問題出發，一直到結尾，作者自己對於這個問題沒有答案。

這部早期作品中，遠藤周作動用了多種敘述手法，多到他當時的寫作技巧不足以充分掌控。開頭是第一人稱觀點，描述時代與地理的背景。那是一九五〇年代後期，東京快速開發擴展中，尤其是眾多鐵路路線延伸，創造了愈來愈廣大的郊區，吸引了更多的人口從全國各地聚集到東京來。

這位敘事者「我」患有肺結核，必須進行「氣胸療法」。遠藤周作曾經得過病，他的肺結核一直進展到第三期，所以對這方面他有第一手的認識。肺結核使得患者的肺部有洞，吸進去的空氣會從洞裡漏出，為了維持足夠的空氣量，有時就必須人為地另外將空氣打進去，讓肺膜逐漸復原。

「我」搬到了新的郊區，必須找醫生幫他做「氣胸療法」，在一間診所中遇到了一個奇怪的醫生，態度極其冷漠，不和人互動，但進行治療時的手法卻高明到讓「我」直覺認為以他的醫術不應該到這麼偏僻的郊區執業。

以前幫我治療氣胸的老醫生曾經在療養院服務過很久，因為療養院都是肺結核的患者，有一天他很詳細地為我說明，怎麼打這個氣胸？他說針愈新愈不痛，不過要把前端圓形的針迅速地插入厚厚的肋骨膜的深處，力道要拿捏得很準才行。前面也說過，有的時候會併發自然氣胸，要是一針插不到適當的位置，縱使不發生自然氣胸，患者也會很疼痛。以我的經驗，就算是老醫生一個月也有一兩次針停在肋骨附近，非得重打不可。重打的時候，胸部的那種撕裂般的劇痛是難以形容的。

可是勝呂醫師從沒發生過這件事，他一針敏捷地插在肋骨跟肺之間，剛剛好停在那裡，一點都不痛，一下子就打好了。如果老醫生所說的屬實，那麼這個臉既黑又腫的男人，可能在哪裡從事過相當時期的結核治療吧！

可是這樣的醫生似乎沒有理由非得到像沙漠般的這個地方來，他為什麼而來？令我百思不解。還有，儘管他的技術這麼高明，我對這個醫生感到非常的不安，不，說不安，還不如說是厭惡。我形容不出他每一次摸我的肋骨的時候，硬硬的手指，宛如被金屬片碰觸到的冰涼感覺，而且我還感受到某種足以威脅到患者生命的東西。我以為，或許那是他粗大的手指，像蛸蟲在蠕動的關係，其實不止如此。

然後「我」去了九州的F市，這應該指的是福岡。他的任務是去主持小姨子的婚禮，因為岳父岳母都去世了，這個工作就落到新娘姊夫身上。他從診所擺放的書籍中偶然得知古怪的勝呂大夫是福岡大學醫學院畢業的。在婚禮中遇到了福岡大學醫學院的人，閒聊中意外聽到了勝呂大夫的祕密。

無罪感的「殺人」經驗

「我」在圖書館裡查到了F醫大附屬醫院人體解剖案的審判資料。看完了他坐在咖啡館裡喝咖啡，想起了之前在澡堂裡遇過的一位加油站老闆。這個人身上有一個明顯的傷疤，他好奇地問了傷疤怎麼來的，加油站老闆說那是到中國打仗時留下來的。然後又輕蔑地對他說在中國中部時很有趣，有玩不完的女人，如果有人敢反抗，就把他綁在樹上當作射擊練習的對象。因為這樣連下來講，使得「我」嚇了一跳，驚訝地問：「是把女人綁起來？」對方回答：「不是啦，綁在樹上的是男人。」

然後加油站老闆看著「我」裸露的胸膛和手臂，評論說：「你真的好瘦，這樣的手臂是殺不死人的，沒辦法當兵。」然後補充說凡是去了中國打仗的人，最起碼都殺過一、兩個人。又提到附近西服店的老闆，說那個人聽說在南京時很殘暴，因為是當憲兵的。

「我」的感受是這樣的：

> 不知怎麼我覺得好累，我在咖啡館裡喝咖啡、吃甜點，店門時開時關，帶著小孩的父親或年輕的情侶進進出出，在這些臉孔當中有像加油站老闆那樣細長的狐狸臉孔，也有跟西服店老闆一樣，顴骨突出，下巴呈四角形的農夫的面孔，加油站的老闆現在或許穿著白色的工作服，正在替卡車加油吧。西服店老闆可能正在那蒙著一層白色灰塵的櫥窗後面，踩著縫紉機吧。

回到東京之後，「我」又見到了勝呂大夫，告訴他自己剛從福岡回來，勝呂意識到「我」應該是察知了他的過去，只是淡淡地回應：「那是沒辦法的事，在那樣的情況下真的一點辦法都沒有。」

此時離戰爭結束已經十多年了，「我」突然想起人面獅身的謎語——「什麼動物早上四隻腳、中午兩隻腳、晚上三隻腳？」，接著說：「我不知道是不是會繼續去找勝呂大夫。」然後小說這段便戛然而止。

這位敘事者純粹只是為了要介紹勝呂出場，在小說後面的部分不再出現，他擔負的另一個任務是藉由想起人面獅身的謎語告知讀者：關鍵重點是「人」，人到底是什麼？

殺人會在人生留下什麼樣的痕跡嗎？殺人究竟是什麼樣的經驗？作為人，與殺人這件事之間的關係又是什麼？

祕密的人體實驗

小說接著轉為以勝呂為中心的第三人稱敘述，時間是戰爭快結束的日子裡，描述了一段醫院裡勾心鬥角的權力故事。F大附屬醫院的院長突然因腦溢血在廁所中倒下死了，有兩個呼聲最高的院長繼任者，分別是外科第一部和外科第二部的主任。

那時還年輕的勝呂是第一外科部主任橋本手下的實習醫生，他目睹、親歷了野心勃勃的第二外科主任採取了連結軍方的作法來搶奪院長高位，於是逼得橋本主任這邊必須找出對策來。

在這當中有一位年輕的患者田部夫人進到醫院來，她是前院長的親戚。田部夫人的肺結核問題在一個特殊的階段，如果能夠成功開刀還有機會可以徹底治癒。橋本主任便將爭奪院長寶座的成敗賭在田部夫人身上。他提早替田部夫人開刀，期待田部夫人痊癒了會特別感激，而站在他這邊運用影響力幫他當上院長。

然而手術中卻發生了嚴重意外，田部夫人死了，那真是個無法承受、代價昂貴的災難。他們只好先將屍體都用紗布包起來，騙家屬手術順利，爭取時間進行各方面安排，絕對不能讓人家知道病患是死在手術台上。但這樣的設想無法成功，不只是橋本，連他所帶的其他醫生都在醫院中一落千丈，地位大跌。

當時勝呂是實習醫生，只能分到去照顧最沒有價值的病人。其中有一個是付不出醫藥費，由公費補助的窮老太婆。但老太婆卻有著非常堅強的求生意志感動了勝呂，她要活下去看到兒子從戰場上回來。勝呂明白：如果什麼都不做，老太婆連半年都撐不過去，而因為意志堅定，老太婆會願意配合任何的治療處置。

於是勝呂就想利用這機會進行一次手術上的試驗。肺結核會感染到兩邊的肺，治療時一般選擇分兩次開刀，等一邊恢復了再開另一邊，但如此必然拖延了療程，讓結核菌有更多感染蔓延的時間。既然老太婆願意，勝呂決定冒險兩邊同時開刀。他判斷有百分之九十五的機率，老太婆熬不過這樣的手術，但畢竟還有百分之五的可能性，老太婆可以活著看到兒子回來，勝呂也可以試驗出縮短時間的新療法。

但就在準備要替老太婆開刀時，發生了田部夫人的手術意外，情勢丕變，第一外科不可能再進行任何重大手術，老太婆等不到處置，沒多久就死了。老太婆這樣死了，讓勝呂深切感慨，並且懷疑地自問：「為什麼我那麼在意、關心這個老太婆呢？」

他找到了一個答案，但那答案轉過來形成了另一個更大的疑惑。老太婆死了使得他意識到自己活在一個大家都得死的時代，所以他格外想要追求至少讓一個人不死，將一個要死的人留住。但作為醫生，他的第一個患者在宇宙間被裝箱運走了，努力沒有結果，也不會有結果，那就「從今天開始，戰爭、死亡、日本、還有自己，一切事物都順其自然吧！」

「這是一個大家都得死的時代」，勝呂認識的戶田醫師經常將這句話掛在嘴上。不是「人皆有死」的普遍意思，而是來自於戰爭的傷害，尤其對醫生這個行業產生的衝擊。勝呂必須面對戶田所疑問的：現在將這個病人救活了又怎麼樣呢？很可能今天晚上他就死於空襲轟炸中了。誰能真正活下去，什麼叫做活下去？活著只不過是瞬間暫時的現象，戰爭終究會讓每個人都死，如此一個人怎麼死的、死在誰的手裡有差別嗎？

小說真正的主角，是這位戶田大夫，他是遠藤周作打造來代表「恥文化」的角色。對於自己的任何行為，只要不被揭發不被知道，在他內心裡就不會有困擾、不會痛苦。

在戰爭的最後期，日本徹底失去了本土領空的保衛權，美軍B29轟炸機可以隨時不受阻攔地飛臨上空投下炸彈。戶田和勝呂被賦予了一項特別的任務，在美軍轟炸福岡時，他們要爬到醫院建築的高處，去觀察轟炸主要發生在什麼地方。

如果被轟炸的地方離醫院近一點，飛機剛離開時會聽到一陣古怪的聲音。他們沒聽過那樣恐怖的聲音。戶田終於弄明白了，原來那是遭到轟炸之後，垂死者集體發出的痛苦哀號。太多人在同樣時間受傷即將死去，在死去前，短短的時間中他們最後的聲音匯集在一起，形成了一個難以描述的鬼魅現象。戶田聽到了，勝呂也聽到了。

接下來發生了一件事。一架美軍轟炸機被防空炮彈打中掉下來，機上三名軍人被俘虜了。軍部已經決定要將他們槍斃，然而他們受傷了，先被送到醫院來，於是積極想要在爭取院長位置上敗部復活的第一外科部主任橋本就想到了要以這三個俘虜來進行關於治療肺結核的重要人體實驗。

第一項實驗關係到手術中所需的輸血。他們對美軍俘虜試驗，當缺乏血液時，一個患者在手術中得到不到輸血，只能在他身體中灌入生理食鹽水，到什麼程度他還能活著？

第二項實驗是關於在人的身體裡灌入空氣，治療肺結核必須朝肺部灌入空氣，但灌多少進去會有致死的危險？

第三項實驗則是要看以切除部分肺葉來進行治療時，可以切除到多大的比例？切到什麼程度病人還能呼吸還能活著，超過了哪一個限度病人就會死？

他們要用三個美軍俘虜做活體實驗，明知這三個人必定都會死在手術台上，那是實驗的一部分，是實驗所要得到的結果。這就是勝呂的祕密，他參與了這場人體手術實驗。

被操弄的誠實

不過小說更關切的，是戶田大夫。他成長於一個相對優渥的環境中，在小學班上，老師對其他同學都是直接叫名字，只有對他會多加一個「君」在他名字後面。然而有一段時期，從東京轉來了一個男生，老師也對這位轉學生稱「君」。這讓戶田心裡很不舒服，他獨有的特權地位被挑戰了；讓他更不舒服的，是這個男生對於人情世故的掌握和戶田一樣成熟，甚至還超過他。

戶田很會寫作文，交去的文章都會被老師選來朗誦給大家聽。寫作文時戶田會刻意安排一兩處「中聽」的地方，也就是讓師範出身的年輕老師讀了特別有感受的。

有一次他在作文中寫了：班上家裡最窮、地位最低的木村生病了，他要去探望，打算將自己辛苦收集的蝴蝶標本箱帶去送給木村。然而走過種青蔥的田地時，突然有一股捨不得的心情湧上來，幾次都幾乎讓他轉而回頭。不過最後還是到了木村家，看見木村高興的樣子，於是放心了。

老師唸完了他的作文，問班上同學：這篇作文最精采的地方在哪裡？同學回答說：他很好心，將標本送給木村。老師說：「不對、不對．是他走在蔥田間這段，覺得把標本送人很可惜。這是真實的感受，大家寫作文的時候經常說謊，可是戶田他很老實地寫出了真正的心情，所以他是誠實的。」然後老師就在黑板上大大地寫了一個「誠」字。

然而此刻戶田內心知道的真相卻是：

> 我帶標本箱給名叫木村勝的小孩是事實，可是並不是同情他生病，我走在蟋蟀叫的田間也是事實，可是把標本箱給木村，我一點也不覺得可惜。因為爸爸買了三個相同的標本箱給我。

其實他之所以會做這件事，就是為了寫作文，他的內心非但不是「誠」，根本就是故意要操弄老師，讓老師按照他安排的反應在班上肯定、稱讚他。

然而在他如願得逞時——

我偷偷地把頭轉向斜對面，看到留頭髮的轉學生的眼鏡慢慢地滑落鼻尖，目不轉睛地盯著黑板，他的臉轉向我，脖子上的白色繃帶扭曲，是察覺到我在看他，我們彼此對看一下，是想從對方的臉上探尋一些什麼。他的臉頰出現紅暈，嘴角浮現出微笑，那微笑好像說，大家都被你騙了，我可清楚得很。在蔥田的事，還有把標本箱給人覺得可惜的事全都是謊話，你欺騙人的功夫真不賴，不過你騙得了大人，可騙不了我這個從東京來的小孩。

延續「私小說」的傳統，遠藤周作在這段中讓戶田自白回顧人生中做過的許多壞事。不過重點放在他清楚意識到自己做這些傷害別人的事時，心中沒有難過、沒有掙扎。他知道、他感覺到這些事是醜惡的，但他不會因此而痛苦。這是對「恥文化」的細膩描述，醜惡牽涉到被發現，這些事不應該被發現，然而做這些事不會在戶田心中刺激出痛苦。

他清楚自己沒有痛苦，也好奇自己為什麼都不會感覺痛苦。也就是他意識到做那樣的事應該良心不安，於是自問：那我為什麼都沒有呢?他並不是完全沒有「罪感」，只不過他的內在「罪感」是間接的，以疑惑自己為何沒有「罪感」而存在的。

道德優越感

小說中還寫了也參與事件的上田護士。上田護士四年前，二十五歲的時候，在F大醫院任職中遇到了一位病人向她求婚，她答應了。結婚之後她隨著丈夫去了中國大連，在大連懷孕生產，卻生下了死胎，難產分娩中為了救她的生命，不得不將她的子宮摘除了。她不只是失去了肚子裡的兒子，還一併失去了未來生育的能力。

之後丈夫為此拋棄了她，她只好從大連再回到福岡。她回來重新在醫院中任職，但已經不是四年前離開時的那個人了，處於嚴重的精神創傷狀況中。在醫院她認識了橋本主任的太太。橋本太太是橋本在德國留學時認識的白人，顯然呼應了寫在〈到雅典〉中遠藤周作在巴黎交女友的經驗。

這位德國女性來到日本，在戰爭期間經常到醫院裡幫忙，她去到「大病房」，那些最沒有資源、地位最低的人所在的病房，收集他們的髒衣服帶回去洗。也會烤餅乾送去給他們吃，懷抱著強烈的奉獻心情去幫孤苦無助的人。

然而有一次橋本主任的小孩要靠近上田護士時，卻被橋本太太制止了，讓上田既驚訝又受傷。雖然橋本太太解釋說因為上田來自處置肺結核病患的醫院，擔心小孩會被傳染，必須先消毒之後才能讓小孩接觸。但對比橋本太太自己經常進出「大病房」，上田感覺到那畢竟還是強烈白人優越感的表現，自己被橋本太太歧視了。

後來「大病房」中有一個病人發生「氣胸」，空氣漏進身體裡非常的痛苦，當時醫院上上下下大家都很忙，沒有醫生願意來處理，上田護士去找前田助教，前田助教只告訴她：「打麻醉劑！」這意思是不處置，讓病人在麻醉中死去。上田護士依照指示去拿了麻醉針，卻遇到了橋本太太，橋本太太一眼就看出她要做的，以極為嚴厲的方式指責她。

之後，上田護士不斷在意識中嗅聞到橋本太太身上散放出來的香皂味。到了戰爭最後期，橋本太太卻還奢侈地拿香皂洗衣服，成為讓上田累積強烈不滿的重要象徵。她之所以參與了美軍俘虜人體解剖實驗，一部分是為了在心理上向橋本太太報復。

作為德國新教徒，帶有強烈「罪感」的人，不能接受注射麻醉藥坐視一個人死去，絕對不容許發生這樣的事。但對上田護士來說，她當然也知道自己要做的不是對的事，但她只是依照指示去做，卻被橋本太太發現了，她被公開指責，帶來嚴重恥辱。尤其對方是本來就帶有人種優越感的白人，此刻又多加了一份道德優越感。

受辱的上田護士懷抱著這樣的心情：妳自認為有很高的道德標準，但妳知道妳丈夫做的是什麼樣的事嗎？她要親眼目睹橋本主任做了這件道德上更不容許的事，藉此反過來睥睨橋本太太。別自以為了不起，妳甚至不知道自己和什麼樣的人結婚，不知道自己的丈夫會做出比我做的更可怕的事！

上田護士用這種方式同時發洩從離開醫院之後，生命上受到的種種打擊、挫折。

殺人的罪責

《海與毒藥》的第三部，場景是三個俘虜要被實驗手術的現場。在最後關頭，勝呂突然崩潰了，他說：「我做不了。」於是整個過程中，他沒有動手，而是背靠著牆，像是要盡量遠離手術行動般，看著事件發生。

這個變化增加了道德判斷的複雜性。勝呂決定參加又在最後關頭退出，如此他有責任嗎？該如何衡量他的責任，他又該如何看待自己的行為？這個問題纏繞著勝呂大夫，主宰了他之後的人生選擇。

以美軍俘虜進行人體試驗的事，在戰後被審判，勝呂大夫被判兩年徒刑。關鍵在於我們該如何認定他的責任，牽涉到人命時，責任從哪裡開始？到哪裡結束？

用戶田的話來說，「這是一個人人都要死的時代」，在戰爭中，我們應該因此有不一樣的態度看待殺人？我們又如何能不因此而有不同態度！如果三個俘虜本來就要被槍斃，讓他們改而在手術台上死去，不可以嗎？這和原本勝呂要對老太婆做的事——替她動手術因而很可能使得她死在手術中，但如果什麼都不做，她本來就會死，也的確死了——有什麼根本的不同嗎？那麼勝呂要幫老太婆動手術也有殺人嫌疑嗎？

這是一個龐大而複雜的問題，沒有簡單的、現成的答案，也沒有固定的、不變的答案，因而引發了許許多多的探討。像是村上春樹寫出了《海邊的卡夫卡》，小說背後隱隱然湧動，影響所有人物與情節的，是戰爭責任問題。而村上春樹提出了一個最嚴格的責任態度，反映在他引用的葉慈詩句：「責任從夢想開始」。村上春樹的魔幻雙重世界中，在這個世界夢想期待一個人會死，那個人在另一個世界中也就真的死了，如此人該如何思考並承擔或逃避自己的責任？如何面對或解脫自己的罪惡？

我們知道村上春樹的態度。對於殺人這件事，包括在戰爭的非常狀態中，都不能妥協，只要開始想要殺人，有殺人的動機就必須承擔責任，為自己的這份惡意負責。因為如果不是這樣，稍微放鬆一步，就會引來恐怖的結果。事實上應該倒過來說吧，之所以會有殘酷的戰爭，就是因為人對於「責任從夢想開始」有了妥協，以為想殺人可以有正當理由，也可以在沒有實現前就不必承擔責任。

這是一種徹底的「罪感」態度。人不是只為了行為製造出來的後果負責，甚至不只是為了行為本身負責，責任從內在動機就開始了，甚至在還沒有從動機形成行為，就算沒有行動，不管因為什麼條件、理由，企圖殺人，去期待會造成別人死亡的作為就有責任。

相對地，遠藤周作在《海與毒藥》中並沒有對「罪感」提出明確答案。這部小說主要關係到他自己作為一個人與作為一位小說家的意義。透過這部作品，他開始認真探求自己是一個什麼樣的「日本天主教徒」。

為什麼成為天主教徒？因為在日本，只有信奉天主教，才有機會擺脫日本式的曖昧道德立場，從缺乏「罪感」的存在中脫身出來，取得「罪感」。至少這是一股重要的力量，使得他即使有那麼多理由放棄天主教，依然保留著天主教徒的身分與信仰。

單純活在日本文化中，接受日本社會觀念，是有問題的，只依照「恥感」生活而沒有「罪感」。在遠藤周作的生命歷程中，明明白白見證了這樣的態度帶來的巨大災禍，從集體性的軍國主義興起，到發動戰爭幾乎毀掉了自己的國家。

要以西方文化，尤其是天主教信仰來補充日本人在道德上的不足。《沉默》中如此著重關心棄教，背後有遠藤周作對於自己到底相信什麼、為什麼相信得如此刻骨困惑，因而他能寫出那麼感人的作品。

第四章
遠藤周作的家庭與信仰——讀〈母親〉、〈影子〉

家庭的糾葛〈母親〉

遠藤周作的〈影子〉和另一篇小說〈母親〉呈現了他的家庭糾結。他的父親是個世俗、功利的人，認定人生就是要從事和別人一樣的工作，不應該在符合眾人價值觀的行為之外，還有什麼追求。對於大家都認定的事物道理，也不應該、不需要另外去找解釋。

但他母親卻有著強烈意志，帶有高度信仰傾向。她不能、不願渾渾噩噩過日子，會以激烈的態度去追求原則與信仰。世俗、人生態度從眾鬆散的丈夫卻娶了性格上非常浪漫並且堅持的妻子，這樣的婚姻很難平靜，到後來甚至無法維持下去。

作為他們的兒子，遠藤周作不得不接受這種高度分裂撕扯的折磨。十歲之後他主要和母親一起生活，母親死後又去投靠父親。和父親生活時，他格外想念母親，受不了父親的世俗價值觀，以母親堅持原則、有信仰的態度來評斷、甚至輕蔑父親的生活。然而當他和母親生活時，他卻又經常無法忍受強烈信仰帶來的高度壓力。

反映在《沉默》中，表現為即使在信徒間都有兩種不同的態度。一種是堅持表裡合一，外表行為要和內心信仰完全相符，帶著那樣浪漫的情懷而願意付出任何代價。於是在面對迫害時，他們會為了忠於內在信仰而選擇殉教。還有另外一種則是世故地將表裡分開，認為只要保留內心信仰，外面行為有些妥協來避禍，為什麼不可以？為了躲避一時的痛苦，甚至只是免除一時的壓力，就從耶穌或聖母的畫像上踩過去吧，於是他們成了棄教者。

但他們不一定是單純的棄教。棄教是他們表現在外的，內在他們仍然相信、仍然冀望基督教可能會帶來的幸福與永生，他們背棄了教會，卻沒有背棄信仰。

小說中刻意讓來自葡萄牙的修士洛特里哥經歷了由此到彼的擺盪。他從一個信守外表儀式的天主教徒，到放棄了形式，卻沒有棄教，而變成一個內心的信仰者，不是教會的信仰者。

他其實變成了比較像是新教的基督信徒。二〇一七年是馬丁・路德發動新教改革五百週年，這個歷史事件在西方被認真看待、重新評價。五百年後的共識是：十六世紀之後的歐洲幾乎任何的發展變化都逃不過新教改革的影響，不了解新教改革，不回到這個事件的衝擊原點，對於此後歐洲歷史的認識都不可能完整。

因為被改變的，不只是教會組織方式，而是更根本對待信仰的態度。遠藤周作其人其作從一個奇特的背景，具體而微表現了新教改革的主要動力。他一輩子都是天主教徒，但他非常清楚天主教的信仰無法滿足他的內心需求，所以要用小說來探求、彰顯信仰的內在面。包括他不時流露出對天主教會的批評乃至嘲諷，都非常接近馬丁．路德的立場。

馬丁．路德公開對天主教會表態：如果信仰就是這樣，我寧可不要；如果當作一個基督徒就是你們所定義所規範的，那我寧可不要是基督徒。但他非但不是從放棄信仰而有這樣的態度，反而是決然地要為更純粹的信仰尋求相應更適合的生活與組織。

取材自生命經驗的創作

遠藤周作寫下了不少作品，不過他並不是一位多才多藝的小說家。意思是他的眾多作品有著基本的架構，而且都具備經過不同程度變裝改寫後的自傳性，主要取材於自己的生命經驗，尤其是和教會、和信仰有關的部分。

童年時期有一件重要的事件，是他從大連回到日本，經歷了雙重的衝擊。十歲之前在大連，他經常在夜裡聽見父母的房間裡傳來的爭執聲，以及母親哭泣的聲音，父母的婚姻已經處於岌岌可危的狀態。

母親是學音樂的，拉小提琴時會為了要拉出準確的音而無窮反覆練習，她內在有著一份追求完美的強烈精神需求與力量。她從來不覺得可以安穩活在現實世界中，不斷想像一個更美好的目標，執意自我折磨地追求。她會不斷提高她的目標，使得理想與現實間的差距愈拉愈大。

這樣的態度很可能來自於她在音樂上遭受的反覆挫折。聽過馬友友在六十歲生日派對上說的笑話嗎？馬友友拿著他的大提琴對全場的朋友說，有一個人在路上撿到了神燈，擦了擦，真的有精靈飛了出來，恭敬地叫喚：「主人！」並且承諾幫他完成一個願望。方式是他可以提出兩個願望，精靈一定至少讓其中一個成真。

撿到神燈的是一位大提琴家，他先跟精靈確認：兩個願望，一定會實現一個？精靈說：「對，就是這樣。」大提琴家想了一下，說出他的願望：「我希望世界和平！」精靈聽了面有難色，說：「那你的第二個願望呢？」大提琴家趕緊說：「希望將來我音樂會中每個音都會拉準！」精靈聽了眉頭深皺，過了一會兒說：「你剛剛說的第一個願望是？」

這個笑話的重點在於：對即使像馬友友這種等級的演奏家，要在大提琴上將每個音都拉準，仍然是可望不可及的，而且簡直比世界和平更難成為事實。也就知道，如果真的是完美主義者，偏偏又不具備足夠的天分與從小練習的基礎，那麼要拉奏弦樂，要承受多大的痛苦！

對於音樂的完美追求使得遠藤周作的母親日日自我折磨，倒過來這種經驗必定讓她更疏離、更受不了凡事世故、認為現實就是合理的丈夫。

十歲回到日本，父母的婚姻已然瓦解，遠藤周作沒有了原來的家庭，也失去了原來成長、熟悉的環境。雖然說是家鄉，但日本對他來說如此陌生，而且他已經在家鄉了，又必須斷絕所有回去大連的希望。

從十歲到十八歲，他和神經質的母親同住，遇到了母親所倚賴的外國神父。十八歲時母親去世了，他只好轉去投靠父親，但沒有多久，他就為了上大學而和父親決裂了。

兩件事使得父親無法諒解這個年輕的兒子。第一是他堅持要上大學，前後考了四次，花了四年的時間，從父親的現實價值觀看去，那真是莫名其妙的浪費。更糟的第二件事：他要學的是看起來不太有前途的文科，後來念了法文系。父子間的衝突愈演愈烈，一度斷絕了關係。

遠藤周作對父親的形容是：這個人認為每一天沒有發生什麼事就是幸福的。他要的就是穩定、反覆，一切都沒有變動最好。這和他母親的生命態度何等南轅北轍，注定婚姻無法維持。到後來，兒子也無法接受父親的這種生命態度。因為他的個性，尤其是他的信仰源自於母親。

強加於身的信仰

母親離婚後帶著遠藤周作住進阿姨家，姨丈和阿姨是天主教徒。但很快地，母親就變成了比阿姨、姨丈更虔誠的教徒。她將原本在音樂上那種完美、理想境界的追求，在現實以外尋索完美、理想的固執，轉到了宗教上。

在母親既狂熱又堅持的主導下，少年遠藤周作成了天主教徒。這個背景反映在《沉默》書中，探索信仰的來源，人如何成為信仰者？有很多條件影響、有很多理由，不過最根本的，有人是自願選擇的，例如這些修士，他們去日本時抱持著高度的自覺，以信仰者的身分為了推廣信仰而遠渡重洋。但還有另一種人，他們是在環境條件包圍下，被動甚至被迫成為教徒的。

我們會理所當然認為：自覺的信仰者有較為強烈的態度，既然是被動、被迫成為教徒，這種人應該也相對很容易放棄信仰。但《沉默》這部小說很重要的提醒在於：如此先入為主的看法，不見得符合事實。事實比這樣的模式複雜、糾結多了。

單純從小說技法上看，遠藤周作算不上是傑出的小說家，他的作品有很多明顯的缺點。例如他自己多次表白承認：他沒有能力寫以女性為主角的小說。他的小說裡當然有女性角色，然而通常都是透過男性的眼光看到、描述、揣測的。另外他的小說敘事保留著日本「私小說」的基本型態，敘事觀點和作者聲音合而為一，是比較保守、單純的方式。

從技術面看《沉默》，也像看遠藤周作的大部分小說一樣，可以看出敘事結構上的問題。不過在這方面遠藤周作的作品可以提供我們對於小說的另一層認識。有一種小說具備有強大的敘述感染力，得以刺激出讀者濃厚的同情心，讀者將自己的心情專注投射在情節與人物上，也就不會被技術的缺憾干擾了。

另外敘述技術上的問題，不必然源自作者的能力不足，有時牽涉到更深沉的創作心態或精神狀態。於是有些太明顯的技術缺點，可以被當作是進一步了解創作心靈的線索。

《沉默》小說開頭採用了洛特里哥的第一人稱，然後轉為第三人稱，不過那並不是全知觀點，而是monitored third personal，從頭到尾仍然跟隨著一個特定的角色，只追隨他的眼光，呈現他看到的和他想的、感受的。

史柯西斯改編的電影，基本上就是依照這個原則拍的，只讓我們看到洛特里哥所經歷的。這表示遠藤周作的敘事轉換多此一舉，大可以從一開始就用monitored third personal，或者到第二段仍然延續洛特里哥的第一人稱，都不會不一樣。

這個敘事觀點很奇怪。回到創作原點，這是一部日本人寫的，關於在日本發生的事情的小說，然而在敘述中卻全是透過一個葡萄牙來的耶穌會修士來呈現，看不到日本人的感受與想法。為什麼這樣寫？

非自願信仰的困境

請大家不要太理所當然看待遠藤周作的天主教徒身分，他不是一個典型的天主教徒，他一直都記得自己是非自願成為教徒的，這個宗教不是他選擇的。

母親強迫他成為教徒，然而沒有多久之後母親就去世了，高度強迫性的因素一去不回地消失了。很多人都有過這樣的經驗，小時被家長、老師或學校強迫接受、強迫相信，一旦沒有獎懲的強迫壓力，我們都會在很短的時間內快速拋棄，一點都沒有負擔。

遠藤周作卻在母親死後，繼續留在教會裡，繼續和這份信仰糾結，和信仰之間一直維持在曖昧的狀態中。他不是一般的信徒，一方面他從來不曾舒舒服服、簡簡單單地認定：「這就是我的宗教」；另一方面他又始終沒有離開。他和他的宗教對抗，一直有被強迫的不自在感受，卻又無法說服自己那不是他要的宗教，應該掉頭走開就好了。

《沉默》表面上依隨天主教的傳統寫殉教。從《使徒列傳》以降，教會中流傳了數不清的故事，表彰這些願意犧牲性命保全信仰或傳播信仰的人；羅馬教會封聖的首要標準，也是這種犧牲性命保全信仰或傳播信仰的行為。光是從主題上看，《沉默》很有可能成為天主教龐大的使徒、聖者殉教故事中的一個小小波浪而已。不可能成為重要的小說，更不可能引動大導演史柯西斯在晚年時選擇來改編拍成電影。

《沉默》提出了一個違反常識的觀點——殉教難，然而棄教不見得就容易，甚至棄教可能比殉教更難。放棄你原來有過的信仰，和堅持信仰而奉獻生命，這兩種選擇同屬於人間的終極大問題範疇。

他能這樣挑戰常識、冒犯常識，因為這是他自己生命的真實體驗。我們很少人有類似的體驗，現在絕大部分的信徒信教都信得很容易、甚至很隨便，沒有什麼力量強迫你信，也沒有什麼相反的力量禁止你信。所以信徒不需要歷練要不要信的考驗，也不需要去試驗自己信仰的強度。

然而遠藤周作卻一輩子在這樣的歷練與考驗中。對於天主教會，他沒有衷心服從、歸屬的感覺，但他又一直覺得他和教會之間有著不只是表面身分、儀式的關係，有著內在的連結。既然能感覺內心的信仰悸動，為什麼又一直在意被迫信教這件事而心中總有疙瘩？不能全心虔信，又為什麼也不能掉頭離開？

這樣的精神緊張，或許有一種人間經驗可為比擬。那是極端情境的「斯德哥爾摩症候群」，一個被綁架的人，後來卻形成了對綁匪的依賴，離不開和綁匪間的關係。在一點上，遠藤周作確實像是被綁架進了天主教會；另一點，他知道自己可以自由掉頭離開卻沒有離開。

你不要以為強迫施加在你身上的信仰，那麼容易可以擺脫，並不是你自覺意識到那是由外力強加的，就可以拋棄。

代理父親的〈影子〉

遠藤周作的難處，在於信仰和母親緊緊連結在一起。寫完了《沉默》之後，一九六八、六九年，遠藤周作寫了二連作，其中一篇是前面提到的〈影子〉，後面一篇標題更直接，是〈母親〉。

〈影子〉的時代背景和敘述方式，都和《沉默》很不一樣，但其間卻有一個核心貫串兩篇作品，形成呼應。〈影子〉採用的是書信告白體，「我」寫了一封信給小時候影響他甚深的一位神父。開頭解釋：「在那個關鍵的事件發生了之後，我沒有辦法面對我自己過去跟你的關係，花了這麼多的時間，我終於第三次寫書信，我才能夠把這些事情寫下來。」

書信中的主要素材，來自遠藤周作真實的生命經驗。他描述明確記得在清晨空蕩蕩的電車上，只有媽媽帶著他要去參加禮拜。神父是母親進入宗教狂熱狀態時，對母親信仰有著最大作用的一個人。接著神父又隨著媽媽的信仰而進入「我」的生命中，占據了特殊的位置。

這段時期「我」生命中有了成長中最核心的一項對立，來自於神父的形象。母親失婚之後到宗教中尋求慰藉，遇到了神父，接受神父成為她心目中替代性質的主要男性。「我」的成長階段，母親便明白訓誡、要求：第一，以後不要變成像離婚的爸爸那樣的人；第二，如果能變成像神父這樣就好了。從這個角度上看，神父成了他的 surrogate father，代理父親，是由母親為他選擇，要他接受的。

一個男孩沒有父親在身邊，原來的父親被視為是不合格的，不像父親，他會很需要代理父親來投射感情並作為模仿的對象。很多人有這樣的經驗，會在親生父親之外找到一個人，經過認同轉化為 father figure，在他的人格養成上，占有比親生父親更重要的地位。

然而少年遠藤周作是在失去了父親之後，由強悍的母親幫他選了一個代理，代理父親不是他自己找的，而且代理父親看似奪走了母親，他如何能真心認同這樣一個和他性情很不一樣，又帶有讓他想要反抗叛逆理由的人？

對於一個男孩，那是何等沉重的壓力！這個代理父親，身上還有另一層的權威，他同時是宗教上的「神父」，替上帝來當信徒的父親，在宗教上讓信徒服從、依賴。

可以這樣說，失去了父親之後，母親為他建立了另一個代替性的Oedipus Complex「伊底帕斯情結」對象，也就產生代替性的弒父情結與弒父衝突。在神父角色護持下，這個人看起來無懈可擊，勤勞、堅定、正直，任何正面性質的描述都可以堆放在他身上。相對地，「我」就成了被新的父親形象牢牢壓住沒有喘息空間的男孩，代理父親給他的壓迫還要甚於原來的父親。

聖者的幻滅

要如何反抗、叛逆這樣的父親？他的選擇極其有限。如果父親是酒鬼，你知道他主要的弱點，那就成為得以弒父構築自我的施力點。在發洩弒父衝動，要鬆動父親權威時，首先要找到父親的缺點，發現他不是你原來以為的那種偉岸人格。但對〈影子〉中的「我」，相當程度上就是真實人生中的遠藤周作，卻幾乎找不到這樣的起點。

他只能選擇成為和神父完全相反的人來表現叛逆。神父勤勞，他就一定要怠惰；神父堅定，他就一定要軟弱；神父隨時站出來都像模像樣，他就一定要總是鬆垮垮的，無論在外表或精神上都很不正經。

他以這種方式度過了青少年時期。過程中當然嘗盡了悲劇性的痛苦。反叛中帶來自我懷疑，沒有成就、只會招致指責懲罰，不可能建立自信。和神父如此緊張對峙時，他養了一隻流浪狗，每一次看到那隻狗，他都覺得看到了一張悲哀的臉，使得他對狗產生了高度認同。他特別形容：「在狗的臉上像是看到了棄教者必須踩過的耶穌畫像。」

這就明確地將〈影子〉和《沉默》連繫起來。在《沉默》中，洛特里哥多次思考：耶穌究竟長什麼樣子？「我」在那條隨時表現悲哀的流浪狗身上看到了那樣的面容，也只能從那樣的狗身上得到陪伴。

母親受不了他在學校裡表現那麼糟，完全不振作，特別去拜託神父幫忙盯著他，一定要讓他振作起來。神父看到他花那麼多時間養那隻狗，就將狗丟掉了，連僅存的陪伴都失去了。

〈影子〉小說中出現重要的轉折，那是母親之死。母親死前和母親死後，小說刻意強調區分成截然不同的兩大段落。小說的衝擊張力就存在於這兩大段的對比上。

神父是一個投射在他身上龐大的「影子」，因為神父身上凝聚所有正面的價值，代表所有他做不到、達不成的目標，是一個高於世俗，更理想的人。所以母親將自己的完美主義追求動機都放到神父那裡。但對兒子來說，母親對神父的感情，總帶著相當的神祕性，也帶著相當的不潔，和神父的理想聖性難以並容。

後來戰爭爆發，在軍國主義的價值觀籠罩下，來自外國的教會、神父都大為貶值了，原本高高在上的地位被壓低了。再加上長大帶來的效果，不再從無助的少年眼光去看大人，成為比較平視的大人對大人態度，一上一下作用改變了「我」和神父的關係。

神父仍然習慣地擺出父親式的權威，但他不可能繼續尊重、害怕神父。他看到了神父的一步步墮落，甚至為了一個女人而離開了神職，成為一個棄教者。當「我」帶著新婚的妻子去找神父時，難堪地由妻子撞見、識破了神父和女人的關係。於是「我」回想起從前曾經遇過一個狼狽、邋遢、猥瑣的老人經常在教會出現，人們耳語議論說那是一個因為犯戒而被教會趕出去的神父，失去了職務與地位，變成不堪的模樣。

本來被母親強調地拿來作為「我」的榜樣的神父，竟然也走上了這條路，受不了誘惑破戒，成了棄教者，感覺上也終將披上狼狽、邋遢、猥瑣的外表。於是曾經折磨少年的「我」的龐大權威影子，用這種方式在面前轟然倒下。

兩種閱讀〈影子〉的角度

這當然是一個悲哀的幻滅成長故事，年少時認定如此了不起的父親形象，長大之後發現不是原先以為的那麼回事。但如果考慮到〈影子〉和《沉默》的密接創作時間，那麼〈影子〉要表達的，應該不只是這樣普遍、一般的成長幻滅之感。

幻滅之中，有特殊的棄教行動。從一個角度看，《沉默》和〈影子〉很不一樣，時代不一樣，信仰受到的挑戰也不一樣。《沉默》寫的是葡萄牙修士在德川幕府壓迫下掙扎的故事，〈影子〉寫的則是二十世紀遠藤周作曾經親歷的時代，來自現代社會人際互動與肉體誘惑的故事。〈影子〉裡的神父沒有、也不需要面對什麼外在的迫害，他要處理的是自己內在的慾望。

然而在一點上，《沉默》和〈影子〉卻是明顯相通的：寫的都是一個在別人眼中最不可能棄教的人，卻做了棄教選擇的故事。洛特里哥一定要去到日本，因為他不相信老師費雷拉神父會棄教，他要證明那一定是誤傳，但最終不只證明了費雷拉棄教是事實，而且洛特里哥也和老師一樣走上了棄教的道路。〈影子〉裡的神父被他的信徒仰望視為天主教的代表，所有信徒應該效法的對象，但後來卻離開了神職，成為棄教者。

要如何理解這樣的事？連教會中理應最堅定的信仰者都可能棄教？另外，如果他們的行為是可以被解釋、被理解的，也就意味著是有道理的？在什麼層面上有道理？宗教、人倫，還是社會層面？

讀〈影子〉我們可以選擇兩種不一樣的態度。一種是簡單懶惰地形成判斷，認定神父是個虛偽的、表裡不一的人，他的勤奮、堅持、正直就是裝出來的，甚至可能是故意裝出來騙取女性信徒崇拜的，他的內在當然不可能如此純潔、高貴。之前的印象是錯的，他沒有那麼光明、沒有那麼乾淨。

這種態度符合現在的八卦社會習慣假定：每個人的私生活都是不堪的，公開表現的背後都有更真實的隱私，一個人的內在必定是醜陋的，所以才會有那麼多醜聞。小說裡呈現的，不過就像八卦雜誌狗仔跟監拍到的照片，顯示出來這個人的真面貌。

用這種態度讀，第一是那就和《沉默》以及費雷拉神父的故事連不上了；第二，更重要的，將遠藤周作小說看成複雜版的八卦雜誌報導，對我們認識人與洞悉這個世界的實像有什麼幫助？

遠藤周作明顯沒有要將焦點放在男女情慾上，不然他就不會在小說裡讓「我」用那麼沉痛的口氣寫信。那不是譴責的口氣，不是輕蔑的口氣，甚至不是幸災樂禍、如釋重負的口氣，而是真切的痛從內在發散出來而形成的口氣。

我們可以、我們應該選擇讀到這個訊息：痛來自於感同身受的反省，連神父這樣的人都會墮落，豈不是因為這個宗教對人的要求太過分了？

文學與信仰的雙重勇氣

身為信徒應該對這樣的要求視為理所當然。在教會傳統中要能獲得封聖，必須是一個殉教者，也就是一個sufferer，受難者。要有激烈的折磨降臨你身上，但你挺住了，你不放棄，因而獲致比別人都高的肯定。豈不是表示這種信仰中帶著強烈的SM（Sado-masochism），虐待與被虐的成分？

這個宗教相信一個人受了愈嚴重的考驗，經歷了愈強烈的痛苦，價值愈高。會有這種「考驗的宗教」，背後有一個假設，就是《沉默》中藉由吉次郎表現出來的：要選擇強者來信仰，他們才可以通過考驗而不放棄。

基督教的核心敘述，是耶穌基督的故事，而耶穌基督生平最重要的、最被凸顯的，又是他的受難（Passion）。他被審判、被釘十字架、死在十字架上，為世人受難而成就了他的地位。

這沒有那麼理所當然吧！不容忽視的是基督教內在的糾結，相信人愈是能承受痛苦，在信仰上，乃至於在教會組織中有愈高的地位與價值。為什麼會這樣主張？我們應該視之為難解的困惑，至少遠藤周作一直視之為難解卻又不能不試圖去解的困惑。

他從來沒有安然接受這件事，沒有被基督教內部的說法說服，始終感到不舒服。在〈影子〉中，他記錄了這樣的一位神父，如巨塔般的存在，因為太過完美而使得「我」小時候必須努力反抗，如果連這樣的人都通不過考驗，豈不是應該讓人疑惑：那是什麼樣的宗教？看到昂然的神父最終都佝僂身體帶著自己的小孩變成了一個平凡的人，成為一個可鄙的棄教者，能不痛心問：怎麼會有如此極端追求強者姿態的宗教？

遠藤周作的基督教體驗，和尼采徹底相反。尼采抨擊基督教提倡「弱者哲學」，將信徒都改造成只知匍匐祈禱、不敢負起自我生命責任的弱者，因而要揚棄基督教，建立「超人哲學」，相信人可以強大到超越人，超越一般認定的人的限制。

然而從殉教傳統上看，遠藤周作真實的迷疑感受卻是：如此強調要人在各種威脅、痛苦、喪失之前仍然要堅持信仰，好像只有能接受如此非人、極端考驗的才能繼續當信徒，對嗎？難道不會對人有太高、太過分的期待與責求嗎？

遠藤周作堅持要探索這項深沉、甚至在宗教上帶有禁忌性的疑難，因而表現了他在文學與信仰上的雙重勇氣。

誰才有資格當基督徒？

然而弔詭地，會投身進入這樣的探索，源於遠藤周作清楚意識到自己是個弱者，沒有那麼強大的意志力。因為沒有強大意志力，所以無法拒絕被迫成為一個教徒，也無法在母親死後決然地離開信仰、離開教會。但缺乏強大意志力，很顯然如果遇到壓力必定無法選擇殉教，豈不又意味著自己沒有資格作為一個教徒？那自己和這個宗教之間的關係到底是什麼？

〈影子〉的敘述者「我」哀嘆著：明明是一個活得像流浪狗般的可憐弱者，為什麼母親卻偏偏幫他選擇了只有強者才能倖存的宗教？信教過程中，他得到的主要體會是：「我配不上這個宗教，只有像神父那樣的人才配得上。」因而後來的事情變化帶給他多大的震撼！竟然連神父都配不上，沒有通過考驗而狼狽地敗下陣來！

從一個角度解讀：那個人原本就沒有那麼強大的信仰與人格力量，所以他失敗了。但沒有真正解決問題，遠藤周作還要追問：那誰、什麼樣的人才真的配得上這個宗教呢？

〈影子〉裡是神父和少年「我」的關係，在《沉默》裡同樣有洛特里哥和吉次郎的關係。洛特里哥是堅定的信仰者，願意遠赴重洋到別人都認定沒有傳教空間的日本。他在澳門遇到的吉次郎卻甚至不敢明白表示自己是不是日本人，更不敢表態自己是不是基督徒。吉次郎最清楚的形象是：只要有人欺負他，他就一定投降。

但絕對的堅定信仰者，和對面極端絕不堅持的懦夫，最終他們都是棄教者，有著同樣的失敗身分。這是怎麼回事，我們要如何理解他們的信仰道路最後竟然走到了一塊？

史柯西斯改編《沉默》，電影和小說有一個關鍵的差異，錯失了遠藤周作非常重要的安排。那就是小說中反覆出現洛特里哥努力想像耶穌基督的模樣，這個情節在電影中消失了，很容易地就讓耶穌基督的形象出現。小說中，洛特里哥從有信仰之後，到當神學學生，一直困惑於不知該如何在心靈之眼「看見」耶穌基督。他沒有辦法「看見」耶穌基督的臉。

在教堂裡、在各種聖畫上，不是都有耶穌基督？即使不是教徒，說到耶穌基督，我們每個人不是在腦中都會浮現出一個形象？為什麼深浸在宗教神學裡的洛特里哥卻反而看不到？

這是遠藤周作刻意設計的。正因為洛特里哥知道那麼多天主教會中關於耶穌基督的描述、說法，他沒辦法將所有內容對在一起，因而有了無法解決的神祕感。這裡面有些不對勁、不一致的地方，他過不去，看不見耶穌基督的臉是他心裡卡住的一項表徵。

耶穌基督的臉

《沉默》小說中出現了猶大的故事。對於大部分的信徒來說，猶大這個名字唯一的意義就是出賣耶穌基督的人，所以當然是壞人，是應當承擔萬世詈罵的。然而在無人不曉的達文西〈最後的晚餐〉畫作中，我們都看到猶大參與了那場聚會，他是和耶穌基督最親近的十二個門徒中的一位。所以才會有福音書中留下的紀錄，說耶穌基督知道猶大將出賣他，並說：「對於該做的事便快些去做。」

耶穌基督為什麼要對猶大這樣說？小說中洛特里哥怎麼想都想不通，造成了終極的困擾，對他來說，如果不能弄懂這一點，他就無法想像耶穌基督的面容。或者說，他想像不出來耶穌基督以什麼樣的表情對猶大說這句話，要以這句話表達什麼樣的情緒或意義？

真的不能小看這個《聖經》上的插曲。耶穌在受難之前已經知道猶大會背叛他，但他非但沒有採取任何方式防止這件事發生，甚至還告訴猶大那是「該做的事」。對比下，耶穌基督也曾在最後時刻對彼得說，「雞鳴之前你會三次不認我。」他也預見了彼得在受威脅時將否認自己和耶穌基督的關係。

很多人去過巴塞隆納，一定會去參觀高第的聖家堂。還在興建中的聖家堂無法從大門進入，現在的參觀動線是從右門進左門出。要進門前，抬頭看，上面繁複的雕刻呈現的是耶穌基督出生的種種場景。走出來，回頭看，另外一組風格很不一樣的，帶著高度表現主義線條的雕塑，則呈現了耶穌基督的受難。

受難系列由下盤旋而上，刻畫了耶穌基督在彼拉多面前，被猶太長老攻擊，揹著十字架上路，被羅馬士兵嘲諷地戴上荊棘王冠，一直到最後耶穌基督復活飛到高高的天上（你必須往後退得夠遠才能找到這最後一景，耶穌基督在塔上的高處出現）。

其中有一幅是耶穌基督抱著一個人，畫面上感覺充滿了愛，像是情人間的擁抱。那一景中的竟然是耶穌基督和猶大。顯然這位現代雕塑家對於《新約聖經・四福音書》的這段故事，有自己的解釋。他提供了《沉默》裡洛特里哥終極疑惑一個明確的答案。洛特里哥問：耶穌基督用什麼心情對猶大說話？厭惡、無奈、自我放棄還是自我犧牲嗎？或者那是一種原諒，甚至是愛的表現？認為是什麼樣的心情，必然展示出不同的耶穌基督。

聖家堂雕塑家選擇的是：耶穌基督不是無奈，更絕對不是厭惡，而是同情，甚至是愛，他連對要出賣他的人都有愛。旁證是「彼得三次不認主」的事，耶穌也知道，但彼得當然得到了原諒，得到了祝福，不然他不會在基督教的傳統中獲得那麼高的地位。

對遠藤周作來說，最重要的是回到耶穌基督，那麼基督教不應該是強者的宗教。耶穌基督為誰受難？他要指出後來的天主教會，包括在〈影子〉中描繪的那位神父，包括他媽媽信教的方式，也包括小說中的洛特里哥都弄錯了。他們將耶穌基督受難當作模範，要求人去模仿那樣的行為。

教會中對信徒的評判，以在面對考驗時誰最像耶穌基督為標準，這樣對嗎？要像耶穌基督一樣在曠野中苦呼上帝：「主，祢為什麼放棄我？」要能冷眼面對魔鬼的誘惑，還要願意被釘在十字架上受難。要有那樣的強韌，才配得上這個宗教？

這樣的教會價值觀中，製造了多少殉教者，每個殉教者心中都有這樣的嚮往——要像耶穌基督一樣。然而關鍵問題是：耶穌基督會希望大家都模仿他嗎？他是因此而降生世間來受難的嗎？

至少有另一個答案：耶穌基督來到世上，是為了那些軟弱的人，為了保護弱者、給弱者安慰、乃至於原諒弱者而來的。

兩個答案就出現了兩張很不一樣，絕對不會一樣的耶穌基督的臉。一張是如同殉教者那樣意志堅定、充滿自信、不屈不撓的臉；那另一張呢？如果對猶大說最終的話語時是要表達原諒與愛，那樣的耶穌基督該有什麼樣的臉？

耶穌基督的許諾

小說中洛特里哥終於看見耶穌基督的臉，在哪裡找到的？這裡明確連繫到後來寫的〈影子〉，「我」看到那條流浪狗竟然想到了像是被棄教者踐踏過了的耶穌基督畫像上的臉。洛特里哥得到的突破在於他一直從正面角度想像耶穌基督的面容，那必定是乾淨、純潔、正直的。但從那個角度就看不到真正的耶穌基督。耶穌基督和所有的弱勢者，被欺負被壓迫的人一樣，他不可能長著一張強悍、高貴的臉。

在西方的耶穌受難像傳統上有幾種不同表現手法，對耶穌被釘十字架有不同的強調重點。其中有一種呈現比較廣闊的視角，不單純只專注描繪十字架上的耶穌，而是畫出了三座十字架，讓我們看到和耶穌一起被釘十字架的兩個盜賊。

這是耶穌基督受難必須承受的另一份痛苦。猶太長老和羅馬總督故意用這種方式羞辱耶穌。要讓耶穌的信徒們看：你們以為的救世主、號稱大衛王的後裔、奇蹟創造者，卻被當作和盜賊一樣低賤，在兩個盜賊間接受懲罰。你們還要信奉他嗎？

那不只是輕蔑，還是一種明白嘲笑的態度。所以羅馬士兵才會摘下荊棘圍成王冠強戴在耶穌頭上，同樣在嘲笑：了不起的以色列之王啊，你怎麼能夠沒有王冠呢？你要宣稱自己是大衛王的後裔，我們就幫你加冕，戴上讓你流血讓你痛苦的王冠吧！

只畫耶穌基督在十字架上，和畫出旁邊另外兩座十字架，意義很不一樣。後者凸顯了耶穌基督的謙卑humility，他不只喪失了生命，還喪失了尊嚴。從這個角度看到了耶穌基督只有和最卑下的人在一起，才真能展現的容顏。

算是歷史因素的誤打誤撞吧！在日本，幕府發明了奇怪的考驗方式，叫被懷疑為信徒的人踩過耶穌基督的畫像來證明自己不信基督教，如此反而讓信念、教義上帶著終極humility的耶穌，從被踩過的畫像上顯現。

洛特里哥體會了耶穌基督真正的精神，決心要實踐去救助弱者的生命意義，確切明白天主教會要求殉教，要人為信仰而扮演強者的態度是錯誤的，至少是不符合耶穌基督精神的。這世上已經有過耶穌基督，帶給我們保護弱者的許諾，天主教會走錯路了，認為一個人應該仿效耶穌基督被釘十字架才有價值。因而洛特里哥做了不同的決定：踩過去！因為踩過去了，那些被倒吊的人，那些最弱的弱者才能得救。

他踩過了耶穌基督畫像，才真正在心靈之眼中看見了耶穌基督的臉。那是一個和這些倒吊的弱者同樣經驗了被各種力量踐踏的真實生命。看出了耶穌基督被踐踏的模樣，自然就站到和天主教會不一樣，甚至是相反的立場上。

作為去到遠方的傳教士，他們本來被期待要做好殉教的準備，要當強者，但洛特里哥體認了，強者並不符合耶穌基督的精神，所以他放棄了天主教的立場，從表面上看懦弱退卻，成了棄教者，但內在卻才真正理解了信仰。過去在教會中受過那麼多的薰陶與訓練，都是假的，都是錯的，領受的不是真正的耶穌基督。

對教會的隱晦質疑

身為天主教徒，甚至是在日本能見度最高的天主教徒之一，遠藤周作知道自己對於宗教的深沉懷疑很難被接受，所以在《沉默》中將這樣的探索放置到歷史故事裡。要再過一陣子，年紀更大了，他才在《深河》中改換成更具刺激衝擊的切身現代經歷再次表現。

他要說的，當然會令天主教會難堪，因而必須隱諱地表達，但在小說情節裡其實清清楚楚。前後兩個到日本的神父得到了同樣的結論：只有棄教才讓他們接近真正的耶穌基督，有了真正的信仰體驗。

雖然隱晦，但小說中還是對天主教會提出了一項指控，但不是像馬丁・路德那樣指控教會腐敗、虛偽、貪財、說謊等等。如果認真看待，遠藤周作的指控更加深刻，可能比《達文西密碼》中指控梵蒂岡壓抑耶穌有妻子有小孩的祕密更嚴重。他的指控是直接從信仰上，認為天主教會從沒有忠於《新約聖經》、沒有忠於耶穌基督。他們背叛了耶穌基督，將應該是為弱者而成立的宗教，轉變成凸顯強者、崇拜強者。

在一九六九年寫的〈母親〉又將這個看法往前推了一步。〈母親〉這篇小說分成兩種性質，一段現實、一段回憶交錯出現。將〈母親〉視為《沉默》的延伸作品有很堅實的理由，那就是現實部分描寫「我」去到了歷史上有最多「隱匿天主教徒」的「五島」。最奇特的，在這裡到一九六〇年代都還有隱匿天主教徒存在。

不是因為幕府的迫害，才需要隱藏自己的信仰？為什麼幕府垮台那麼久了，情勢完全改變，還有隱匿天主教徒？這些人他們的信仰誕生於被迫害的環境中，必須因應躲藏的條件調整表達信仰的儀式，以至於到後來他們的這套儀式和正式進入日本的羅馬教會規範完全搭不上。羅馬教會不承認他們的儀式，他們也不願放棄自己習慣、自己認定為神聖的祕密崇拜，於是索性拒絕加入天主教會。

他們堅守祕密儀式本來是為了在權力迫害之前藏起來，現在卻變成了是在天主教會眼中成為隱形的。他們信耶穌基督，他們和新教沒有任何關聯，但他們也不接受羅馬教會，也不被羅馬教會承認。教廷是龐大的一元組織，不允許例外，為了主教的統一派任權，和中共政府僵局到現在不能解決。所以在教廷體制中，這些日本教徒是不存在的。

〈母親〉現實部分的寫法，引我們回到《沉默》裡，去了解當洛特里哥遇到費雷拉神父時，他聽到的一段話。

「我們在這裡堅持的這個教會跟信仰是假的，日本人信的根本不是我們的教，你永遠不可能把我們的教傳在這個社會裡面，日本人永遠不會有真正的天主教。這是一顆大米長不出樹來的，所以我放棄了，但我並沒有放棄日本的教徒，因為日本根本沒有天主教徒，但是我們以為有。」

第一，費雷拉神父棄教是放棄和羅馬天主教會的關係，而不是和日本教徒的關係，更不是放棄他的信仰。第二，更重要的，他唯有在羅馬教會眼中看來棄教了，才能夠協助日本的教徒，因為他們本來就不是，也永遠不會是羅馬教會認定的那種教徒。

在〈母親〉中，遠藤周作進一步帶我們去看這些永遠不會成為西方式天主教徒的日本人，看到了隱匿教徒的信仰方式。而背後他另含的深意是：究竟該如何看待在日本的天主教？大哉問，因為直接牽涉到作者自己的天主教徒身分。

也可以說這個問題是：「我作為一個天主教徒，但我的信仰到底是什麼？」小說中現實上他去了島上尋找，並找到了隱匿教徒，但另一方面卻頻頻穿插對於母親的回憶與懷念。

這兩部分是如何連繫起來的？為什麼要採取這種穿插寫法？這是我們閱讀〈母親〉這篇小說一定要放在心上自己思考過、自己回答，做好這個基本功課準備，才能讀懂、體會遠藤周作真切關心的。

隱匿的天主教徒

隱匿天主教徒和一般天主教徒最大的差異在哪裡？在於他們的隱匿性。這不是太簡單、簡單到近乎廢話的答案嗎？

簡單，但值得探討。隱匿教徒隨時都過著雙重的生活，他們的外表是嫁接在信仰上的虛偽扮演。在《沉默》中我們看到當有權力的「大人」到來時，他們都強調表示自己老實納稅，而且是佛教徒並信奉神道。必須如此裝演才能活下去。如果放入他們的生活中，所謂「棄教」顯然有完全不同的意義。他們每天都準備好要「棄教」，「棄教」不是一種狀態，而是生活中必須反覆經歷的一部分。他們一再地表現出「棄教」，反而必須如此才能保有他們的信仰。

對隱匿天主教徒來說，他們的祈禱永遠都是先要求耶穌基督與聖母原諒。他們信仰的出發點是背叛，他們是耶穌基督受難前的猶大、彼得，因為每一天在生活的外表都背叛了耶穌基督或聖母瑪利亞。他們要先祈請原諒，申說自己的背叛確確實實是不得已、被迫的，重新取得天主教徒的身分。對一般教徒來說理所當然的身分，他們卻得每天在祈禱中反覆告白悔罪才能取得。雖得之而必失之，恢復的教徒身分又很容易在下一次迫害試煉中自己否定了。他們如此反反覆覆尋求對於棄教的原諒，又反反覆覆為了當下的生存而表態棄教。

原本基督教傳統中，認定每個人都帶有從先祖亞當、夏娃那裡來的原罪（sin）。除此之外還有自身行為帶來的另一種罪（guilt）。罪的背後牽涉到一套認定的行為標準，內化了標準之後，只要行為不符合標準就在心中產生了罪咎感。

在〈母親〉中，遠藤周作延伸提出了祈禱、禱告的相關問題。一般教徒祈禱包括為自己的原罪祈求，希望藉由信奉、崇拜耶穌基督而得以在離開人世時能擺脫原罪取得救贖的資格。如果不是耶穌基督，人原本沒有機會重返聖靈充滿的境界；那些終身不認識耶穌基督的人，被認定只能下地獄，死後一直在地獄中。缺乏信仰的人淪落在原罪中，不可能救贖，不可能上天堂。

另一部分的祈禱內容則是關於現實的行為，去向神父告解，表示悔罪，藉由儀式來取得上帝原諒。

但這些隱匿教徒他們的祈禱碰觸不到sin，也碰觸不到guilt，只能停留在更淺、更表層卻始終無法解決的問題上。《沉默》中吉次郎是典型代表，他經歷多次迫害，卻一再回到教會，一再請求神父聽取他的告解，他才能得到原諒解罪。那是隱匿教徒生命中的悲愴，他們的信仰是以陰影的形式存在的，他們自身也成了像是一般天主教徒的某種陰影或幻影。他們不可能成為正常的、「真實的」教徒，在那樣的心理與儀式傳統下，他們不可能被納入羅馬教會中。

從《沉默》到〈母親〉

從小說技法上看，〈母親〉是遠藤周作相對最成熟的一篇。在敘述上採取了交錯的明確規律，交錯形成的對照作用，誘引我們去思考那些不容易在表面上彰顯的內容。

整篇小說分成十段，單數段落是敘述者「我」去進行調查的過程，和《沉默》有明顯的衍生關係。只讀《沉默》時，我們看到的是一部歷史小說，知道那是發生在三百多年前的事，但接著讀到〈母親〉，我們才意識到這段歷史沒有真正結束。回頭想一下，我們對於《沉默》這部小說或改編電影的看待方式，對嗎？

意思是我們在讀完、看完之後心中必然有的一份安心。小說有明確的結尾，電影還刻意強調得更清楚，以洛特里哥之死作為理所當然的終點。電影裡讓我們看到洛特里哥坐缸、火化、葬禮的過程，表示這是一個有頭有尾的故事，從洛特里哥動念要去日本開始，在洛特里哥死於日本結束，呈現了他一生和日本發生關係，在日本的特殊經驗。而且還以尋找費雷拉神父到最終走上和費雷拉神父同樣的道路，這條主線貫串整部作品。

小說結束了，我們對於洛特里哥的投射關切也結束了，而且可以從歷史紀錄上知道，這樣的迫害與煎熬考驗，也隨著幕府垮台、日本開國而徹底消失了。那就是一段過去的歷史，被遠藤周作用小說方式挖掘復活。

然而《沉默》出版兩年多之後，作者遠藤周作帶來了很不一樣的訊息：不，隱匿天主教徒還在。

他們怎麼可能還在？在閱讀或觀影經驗上，我們將他們留在小說、電影結束的那一點上，離開他們繼續過我們自己的現實生活，但被〈母親〉裡的訊息一刺激，我們似乎不得不想一下：洛特里哥死了之後，這些隱匿天主教徒呢？這個念頭浮了上來。

也許我們無法知道他們何時得到了宗教合法性，可以自由、公開地信奉天主教，但我們覺得很有把握，那樣的情境一定不可能延續存留到現在。於是我們在對照《沉默》與〈母親〉中，我們被驚嚇了，怎麼可能，一直到今天還有隱匿天主教徒？

作為歷史現象，那是清楚的兩種不對等勢力對撞。一邊是強大的日本封建長老們，另一邊是弱小的天主教徒，強大的勢力將自己的意志施加在弱小者身上，形成了迫害關係。

而迫害關係必定是存在於迫害者與被迫害者之間，也必然當迫害者消失、沒有了迫害的強勢力量，也就沒有了被迫害者。日本的教徒得到了宗教自由，自然就成為和全世界其他天主教徒一樣的教徒。但〈母親〉這篇小說卻帶來了令人困擾、不安的提醒：這些人沒有消失，一代一代傳下來，直到遠藤周作寫這篇小說的二十世紀六〇年代，離《沉默》小說時空三百多年後，他們繼續存在著。

遠藤周作私密的回憶

一定要先讀過了《沉默》再讀〈母親〉，依照這個順序，才會產生這樣的提醒、干擾效果。對比下，三百多年後，原來的迫害者早就不在了，這些人卻仍然堅持被迫害狀態所形成的宗教，不願意改變、不願意「正常化」。

天主教會派來的神父想辦法讓他們回到教會中，卻遭到了抗拒。原先受迫害所以無法歸宗，只能自己在教外艱難地保持信仰，現在沒有任何勢力迫害他們，他們之間產生非常強烈的內部團體認同，有自己的儀式，還有自己認定的神聖衣著外表，以至於他們光是看到「正統」教會神父穿的「正統」服裝，心理就產生高度排斥。教會的神父因而要脫下原來的袍服，換穿他們的衣服，試圖取得信任。但即使如此都很難被他們那樣高度排外的團體接受。

這是從《沉默》內容衍伸而來的挑釁。我們會認為這種隱匿天主教徒形成了古怪畸形的宗教。在〈母親〉的單數一、三、五、七、九段中，記錄了「我」遇到難得機會去接觸五島上的教徒，最終他進入了隱匿教徒的家中，看到了他們所崇拜的「納戶神」。

然後他說了一句話：「我在這些隱匿教徒的身上看到我自己生命的姿態。」也就是我們原本認定應該是獵奇般的經驗，要去揭露畸形信仰與畸形團體的動機，在此被逆轉了。反而變成了和自己最切近的內在探尋。

關鍵就在雙數段落對於母親的懷念。他不是以客觀的立場、角度寫紀實散文，描述如何隨著電視拍攝團隊找到嚮導，由嚮導帶領去觀察這些隱匿天主教徒，要讓讀者一邊讀一邊驚訝：「好奇怪啊！」「怎麼會有這種事！」「怎麼會有這種人！」

遠藤周作以坦承告白的口氣讓讀者知道：要去找隱匿教徒的表面理由是假的。真正的動機來自於他覺得自己和這些人在生命態度上有奇特、幽微的近似之處，他想透過觀察他們、思考他們、理解他們，來探測自己生命中的這部分。

所以在單數段落的寫實描述間，穿插了最個人、最私密的回憶。遠藤周作反反覆覆回到這幾件記憶：小時候父親和母親在大連離婚；回到日本被母親強迫受洗成了天主教徒；母親去世後搬去和父親同住卻導致父子決裂。

另外還有一件是曾經面對死亡的考驗。他罹患過嚴重的肺結核病，治療過程中三度動手術，第一次和第二次手術都發生了難以處理的沾黏問題，卻又不能不再動第三次顯然成功率不高的手術。他總共失去了六根肋骨、一部分的肺，才得以死裡逃生。

母親的過世

遠藤周作的嚴肅作品中一再回到自身經驗，利用真實經驗進行小說上的探索。他寫了第三次手術要麻醉前，心裡會有的高度焦慮。麻醉了就失去意識，但手術之後卻沒有把握可以順利恢復意識。換句話說，麻醉前的這一刻，說不定就是生命的最後時光，之後或許再也不會醒來了。

在那樣的高度焦慮中進入麻醉，撿回一條命醒來時，他想起自己夢見了母親，一個被丈夫拋棄了的婦人模樣。

在那樣的終極狀況夢見母親，接到第二段關於自己如何欺騙母親的告解。年少時做了很多明知母親不會同意的事，例如抽菸、逃學去看電影等等。不過在告解中揭露出來最嚴重的欺騙，是他常常不相信母親的宗教。這裡形成了弔詭，以告解的方式表示懺悔，是來自於天主教；但懺悔的一項重要內容，卻又是告白自己經常對天主教有懷疑，悔罪的同時又侵蝕了懺悔可以得到原諒的信仰基礎，那麼他真的想要得到宗教上的原諒嗎？

第三段回憶中，先看到了母親的墳墓，然後追憶母親之死。這段經驗在〈影子〉裡寫過一次，關鍵重點是母親離世時，他不在母親身邊，而且他正沉溺在前面一段所描述的那種母親不允許的行為中。

〈影子〉裡的描述是他去看電影，在〈母親〉中則寫成他在同學家中看色情相片。無論如何，這個兒子明知母親病重，而且他明明有機會可以在病榻前陪著母親，讓母親有兒子的陪伴嚥下最後一口氣，但他不只放棄了這個機會，而且在那關鍵時刻，做著嚴重違背母親心意的事。

這是他的罪。趕回家時，是母親最崇拜，也給兒子最大壓力的那位神父告訴兒子母親死了，再也回不來了。這也就意味著對於他所做的失格之事，再也得不到母親的原諒了。

然後第四段寫母親的遺物。

我在母親死後，每一次變換住處宿舍時，只把那些珍貴的東西裝入箱中帶走。不久，小提琴的弦斷了，琴本身也出現了裂痕，祈禱書的封面掉了，聖母像在昭和二十年的冬天空襲時，也被燒毀了。

跟媽媽有關係的所有這些東西，一點一點的都毀滅，都消失了。空襲的第二天早上，在湛藍的天空中留下的褐色燒痕，從澀谷延伸到新宿，餘燼四處冒著煙，我蹲在自己住的澀谷宿舍的灰燼旁，用木棒撥弄著，只找出碗的碎片，還有只剩下幾頁字典的殘骸。不一會兒，摸到一個堅硬的東西，把手伸入猶有餘溫的灰燼裡，挖出了只剩上半身的聖母像。石膏已完全變色，本來就很俗氣的臉變得更醜。隨著歲月的遞嬗，聖母眼睛和鼻子的形狀更模糊了。結婚後，妻子有一次把掉下的聖母像用黏著劑接上，這一來就更看不出原樣了。

他生病住院時，將聖母像帶過去，放在病房裡。從床上看著聖母的臉，總覺得那臉一直悲傷地注視著他。那是「悲傷的聖母」（Our Lady of Sorrows），在天主教中普遍被崇奉的形象，在天主教「聖像學」上據有特殊地位，還有音樂上相應的聖母悼歌（Stabat Mater）。「悲傷的聖母」刻畫耶穌的母親瑪利亞目睹兒子死在十字架上，要將他從十字架上移下來時的心情。

遠藤周作寫自己在面對死亡時所看到的聖母像，而且是母親留下來的神像。但這座神像已非原樣，先經過空襲的破壞，又在時間中進一步蝕舊了。於是聖母臉上帶的表情，神奇地變成了極度的哀傷。

這幅聖母面容，必須回到《沉默》中來解讀。洛特里哥決定棄教，因為他看見了耶穌的面容，顯現在作為試煉教徒而被人踩過的畫像上。唯有被踐踏過、被拋棄過的耶穌基督才是在這個宗教中原先應有的模樣，對洛特里哥來說有著真實世間同情的面容。他和世間的弱者同遭遺棄，因而他的同情如此真實，又如此重要。

在〈母親〉中被帶進病房的，也是被遺棄過的聖母，經過了空襲、經過了時間、經過了拙劣的修補，不再是高高在上的聖母。

對母親的愧疚

〈母親〉全文的倒數第二段，描述了現實中和隱匿教徒的互動。他們去到了僅存的長老家中，提出了一個原本不預期能得到同意的要求——看一下隱匿教徒所崇拜的畫像，神的代表、象徵，在他們的宗教儀式中稱為「納戶神」的。

「納戶神」這個名字是隱匿的一部分，他們不能用原本的名字稱呼上帝、耶穌、聖母，所以從日本神道借來這樣一個名字，外人聽到了以為他們在拜神道，拜平常的家庭守護神，只有他們自己知道那是什麼。

他們看到了「納戶神」，但遠藤周作故意延宕了對於「納戶神」的形容，將小說帶入最後一段。

那是抱著耶穌基督的聖母像，不，那是抱著嬰兒吃奶的農婦畫像，小孩穿的是淺藍色的衣服，農婦的衣服被塗成是土黃色的，一看這幼稚的色彩與結構，就知道這是很早以前某位隱匿的天主教徒所畫的。農婦袒露著胸，露出乳房，帶子繫在前面，感覺像是工作服。那是一張這島上隨處都可以看得到的臉，那是一張一張讓嬰兒吸吮著奶，一邊耕旱田或織網的那個母親的臉。我突然想起剛剛才拿下頭巾，向助理點頭的母親的臉。

可以了解畫像上是聖母與聖嬰，但畫像裡的聖母沒有一般所呈現那種超越聖性，而是如同一個和當地環境融合在一起的農婦。和「我」一起去的助理甚至帶著歉意對「我」說：「真是莫名其妙，給我們看那樣的東西，你一定會覺得很失望吧！」

他有失望嗎？他前面早就說過了：在隱匿天主教徒的生命姿態上，發現了和自己有共通之處。他帶著大問題去寫《沉默》，去探索這些教徒，那是切身的大問題：為什麼沒有、無法放棄被強迫的宗教？為什麼自己曾經那樣懷疑母親的宗教、不信從母親在這方面的教誨，後來這宗教卻如同刻鏤在他的靈魂上一般再也無法擺脫？

藉由隱匿天主教徒，他找到了最接近的答案。自己之所以繼續作一個教徒，是因為對母親的愧疚，母親去世之後他離不開天主教，因為再也沒有讓母親能原諒他的機會，沒辦法讓母親接受他離開母親給他的信仰、教會。

隱匿教徒很奇特，他們持續過著表裡不一的生活。表面上他們每天都不認主，將上帝、耶穌基督、聖母都偽裝稱為「納戶神」，根本就褻瀆了神。而且還要配合外界的壓力，否定自己的宗教、表現得和這個宗教沒有關係、甚至象徵性地踐踏宗教。

但他們卻仍然是有信仰的人。於是產生了最困難的糾結，白天毀棄自己的宗教，晚上私底下祈禱乞求原諒。他們經常棄教，結果棄教過程產生的愧疚感反而使得他們一輩子都再也離不開這個宗教。甚至不只一輩子，還從上一代傳到下一代，一代一代都離不開。

遠藤周作呈現了這種最難解釋卻極為真切、深刻的一種人間狀態。從那樣的弔詭刺激我們去思考信仰到底是什麼？我們又到底如何看待信仰？如果相信的人就成了信徒，信仰對他們反而不會那麼深刻、那麼重要。

不管是小說或電影，《沉默》中給予殉教者非常突出鮮明的形象。他們被綁在海邊的十字架上，被綁成一個稻草束投入水中，被倒吊在洞穴裡。我們會一直記得這些殉教者。

但除了他們，更多的信徒是隱匿教徒。他們必須隱藏信仰，在表面上毀壞宗教，才有機會在幕府的迫害下作為教徒。殉教者以激烈方式表現教徒身分，但他們死去了，活著的是那些隱匿教徒。

為什麼那麼嚴酷的迫害都沒辦法消滅天主教？遠藤周作從自身體驗中了解了，是罪惡感讓天主教在這些人之間繼續存留下去。他們背叛宗教的瞬間萌生出強烈的衝動，覺得自己必須去告解去尋求原諒。吉次郎陰魂不散地跟著洛特里哥，因為他需要神父聽他告解，代表上帝原諒他。那是內在極可憐卻又極強大的一股力量，使得他被迫離開的同時，強化了他必須回到教會的衝動。

這是一份人間事實，罪惡感在人間產生的巨大影響。殉教者很虔誠、很了不起，然而構成日本天主教徒主體的，卻不是這些死去了的殉教者，而是靠棄教活下來，卻又離開不了教會的人。殉教者選擇付出生命代價堅持信仰，像吉次郎那樣的人，卻沒有真正的選擇，選擇棄教被罪惡感拉回來，選擇留在教會又被強大迫害力量拉出去，永遠在這之間拉扯、擺盪。

有殉教形式的教徒，但別忘了，也有棄教形式的教徒，認識到這一點打開了洛特里哥的視野，也給了他原本沒有想像過的考驗：要做一個殉教的信徒，還是一個棄教的信徒？

棄教應該就不是信徒了，但洛特里哥在日本認識到了這種棄教的信徒，因為棄教反而更堅定無法離開教會的信徒。遠藤周作很了解這種來自罪惡感的強大作用，只不過他的罪惡感主要是對母親而產生的，由對母親的愧疚以至於一直保留著天主教徒的身分。

第五章

再探宗教的本質——讀《深河》

洋蔥與上帝

宗教到底是什麼？有所謂「宗教的本質」嗎？我們有辦法區分宗教的本質與宗教的變相嗎？到七十歲時遠藤周作寫了《深河》，這個疑惑仍然在裡面。《深河》中最早登場的人物是大津，我們一看就認得他了，他是被母親強迫成為天主教徒的人。念大學時，大津和神父很親近，每天都會去學校的教堂裡禱告，但其實內心沒有堅定的信仰，不確定自己是不是相信有上帝的存在。主要是對於死去的母親的思慕與愧疚，讓他離不開教會。

這段故事在小說中以美津子的回憶表現出。在美津子眼中看到的大津是個怪人，無法融入團體，因而很自然會成為人家霸凌的對象。美津子自己都忍不住產生想要作弄大津的衝動，所以在朋友的慫恿下，就去誘惑大津放棄他的宗教。

這又是一段棄教的故事。大津在大學時代遇到了這樣一位帶有惡念惡意的妖嬈惡女，故意去誘惑他。先是一群人拉他去喝酒，用特別的方式霸凌他。叫他選擇要喝酒還是要說出自己不再相信耶穌基督。他不願意說，就被灌了一杯又一杯，灌到爛醉。然後讓女生找他約會，打破他去教堂禱告的習慣。美津子得意地跟他說：「你以為你很愛那個男人（耶穌基督），我比那個男人有吸引力，你很快就會放棄祂了。」

用這種美色誘惑讓一個二十歲的大學生棄教，很容易啊！本來就是一個惡作劇，達成目的之後，美津子很快對大津失去了興趣，拋棄了大津。這是他們兩人的第一段情緣。

後來美津子結婚了，和丈夫去法國度蜜月，聽說大津在里昂的修道院修習要成為一個神父。她忍不住改變了行程，從巴黎去里昂找到了大津。兩人重新見面，美津子有很複雜的感受，想到當年那麼容易使得大津放棄宗教，再看眼前這個男人，意味著自己終究還是失敗了嗎？大津畢竟還是回到「那個男人」身邊了。經歷了那些事情之後，曾經為了美津子棄教，大津身上又有過什麼樣的事呢？為什麼他還是回到教會？

作為一部小說，《深河》有嚴重的缺點，很多情節都不是描寫呈現的，而是由角色口中轉述。不過作者到了七十歲，又為了探索神學、哲學上的議題，這樣的寫法我們可以接受。

遠藤周作讓大津見到美津子時，轉述他的經歷。先是美津子故意擾動大津的舊傷，問他：「你那時候不是已經放棄神了嗎？為什麼又當了神學院的學生呢？」大津眨眨眼，視線落在河上的黑色水流，水面浮起了許多像肥皂泡沫被水推動著流走，然後說：「不知道。」但美津子繼續逼問，終於大津回答了：「正因為被妳拋棄，我才稍微了解祂被人拋棄的痛苦。」

美津子的反應是：「你可以不要說那麼冠冕堂皇的話嗎？」因為她覺得聽起來不像是真實的。大津於是說：「對不起，真的是這樣，是我聽到的，我被你拋棄之後，六神無主，也沒有地方可以去，不知道該怎麼辦，沒辦法，我又回到了祭壇，進入了禮拜堂跪著的時候，我聽到了。」

聽到了什麼？「『來吧！』的聲音，來吧！我也跟你一樣被拋棄，只有我絕不會拋棄你。」那是誰？「我也不知道。不過那聲音明確地說：來我這裡吧！」然後大津在心中回答：「我去。」

他再次強調了，耶穌基督真正最重要的，在於祂經驗了被迫害、被拋棄，因而產生內在最巨大的力量。被女朋友拋棄反而讓大津真正接近了耶穌基督，了解了基督教是給予被拋棄的人支持的宗教，所以他回到基督教。

大津原本是無法合群，很笨拙總覺得無法融入團體，和其他人格格不入的一個人。重逢美津子時，他仍然有著那樣一份羞怯。他自覺美津子不會想聽他講耶穌基督，於是說：「妳可以不用叫祂上帝或耶穌，叫做洋蔥或番茄都可以。」然後說了一大段關於「洋蔥」的話，以「洋蔥」來代表上帝。

「很難說清楚，但對我來說『洋蔥』就是愛的作用的集合。」

恆河的「死亡之城」

《深河》小說中最主要的事件，是美津子參加了一個去印度恆河的旅行團，在印度她第三次遇見了大津。這時的大津又經歷了一次被拋棄，被神學院認定思想上有異端傾向，無法順利畢業，一直延宕成為神父的時間。得不到正式神父資格，大津完成了修道院學業，以曖昧的宗教身分去到了印度。

他住在很糟的地方，從事幫人家揹屍體的工作。恆河的這一段，被稱為「死亡之城」，很多將死的印度人到這裡去，期待死後屍體進入恆河，如此下一次輪迴得以有較好的命運。特別是那些弱勢沒有資源的人，他們臨終前想盡辦法到達「死亡之城」，默默死在城內的角落，希望有人能讓他們完遂願望。大津就做這樣的事，到處尋找這種死者，在他們死後將屍體揹到河邊的火葬場，讓他們的屍骸得以進入恆河。

這是比《沉默》更複雜又更徹底的棄教經驗。大津身上帶著一層又一層的被拋棄經驗。他被美津子拋棄而認知耶穌基督，進入事奉耶穌基督的修道院，卻又被教會否定，等於被趕了出來。於是接下來他放棄當神父，背離了基督教，成為印度教的義工，去服務那些信仰印度教最底層的人民，被自己的印度社會與宗教拋棄的人。

這種人此生只剩下一個目標，就是生命離開時能對來世有點幫助，但他們自己完成不了這個願望，也找不到人幫助他們，只能抱持著虛渺的期待，近乎無望地閉上眼睛。這是徹底的被拋棄者、徹底的無望者。

到七十歲時，遠藤周作清楚了自己對宗教的看法。他相信必須重新認識《新約聖經．四福音書》對耶穌基督復活的描述。這件事過去在天主教會被當作事實來看待，視之為證明耶穌基督超越身分的終極奇蹟，沒有其他任何人能做得到的奇蹟。被從十字架上解下來時他明明死了，埋入墓中，幾天後墳墓卻空了，耶穌基督復活出現。於是原本不相信耶穌基督的人，也不得不相信了。

然而遠藤周作卻藉由大津重新定義了耶穌基督復活的意義。復活是象徵性的，不應該被看做死去的耶穌以肉身重新活過來，而是祂那種和被拋棄者站在一起，給被拋棄者安慰的精神，會在祂死後不斷地流傳，重現在其他人身上。

不是他作為一個人復活，而是他所彰顯、他所實踐的原則，因為內在的高度價值，因為切中那麼多人的需求，所以必定會不斷被複製，在不同時代、不同社會、甚至不同文明中都將再現。當我們看到有人為被拋棄者帶來安慰，站到被拋棄者那邊的行為時，我們就看到了耶穌基督。

在一個意義上，大津從最為不堪，被欺負、被霸凌到被女人拋棄、被教會拋棄的一連串最糟際遇中，終究脫化而成為耶穌基督，他就是復活的耶穌基督，因為他真正繼承、重現耶穌基督的根本關懷。

當他在「死亡之城」揹屍體時，他身上、他心中已經沒有基督教和印度教的差別了。他在實踐耶穌基督的精神，這使得他的生命有意義。卻也因為這樣的認知、這樣的態度，他會在神學院被視為有異端傾向而得不到神父的正式資格。他顯然相信，耶穌基督的真精神不被天主教會範限，更不是天主教會所能壟斷的，我們可以在不同的人、不同的宗教中發現耶穌基督。

挑戰耶穌的女子

《深河》中的美津子有比較特別的來歷，和他嚴肅小說裡的女性角色很不一樣。那是一種內在帶著惡作劇衝動的女子，而且敢於、甚至樂於運用自己的肉體挑激男人情慾來為惡。而且她有一份自覺，知道自己內在藏著高度破壞性的力量。

從這樣的自覺而產生了美津子在成長後的決定。有過那樣遊戲人生的青春經歷，她決定要將自己嫁給一個最平凡的，那種心裡除了汽車和高爾夫球外不會有任何興趣的男人。經過了高度轉折扭曲，但我們仍然看得出來，美津子的這種個性，來自遠藤周作的母親。無論是藝術或宗教上的強烈追求意向，都對日常、正常生活帶有破壞威脅。要抑制自己的破壞力，最好的方式是嫁給一個完全沒有想要追求夢想的人。

也就是像現實裡遠藤周作他爸爸那樣的男人。對他們來說，有汽車、有高爾夫球就是幸福的頂點了，任何其他追求都是不切實際的幻夢，不應該存在。美津子出於對自己內在破壞性的防堵動機，期待自己嫁給這種人之後，會變成一個平庸的家庭主婦過一輩子。

但事實沒有那麼簡單，她無法真的忍受那樣的生活。後來她離婚了，於是內在的破壞性力量又被喚醒了，她寄了一張明信片給大津，說：「我意識到必須承認自己是無法真正愛人的人，不得不面對這個問題。一個無法真正愛人的人，如何肯定自己在這世界上的存在？」這是她對離婚原因的誠實告白。

離婚之後，美津子去醫院當志工，是為了讓自己處於一個必須要愛人、必須要奉獻的環境裡，或許有機會讓自己學會如何愛人，理解人如何有愛而活著。但在醫院裡，她愈來愈知覺自己是很好的演員，演得很像有愛心的樣子，大家都相信她，沒有人懷疑，卻讓她更確定自己遠離了本來去當義工的初衷。

所以她才會參加旅行團去印度恆河，而又遇到了大津。一方面，美津子看不起大津，卻又忍不住疑惑，這個她看不起的人身上有某種特質會惹她一直想去弄清楚。

印度的查姆達女神

在印度時有一個叫江波的導遊，原本是學印度哲學的，回到日本找不到工作，只好當導遊，帶日本人去印度旅行。他不喜歡自己的工作，其實心中痛恨那些日本觀光客，因為他們沒有一個人有誠意想認識印度。

源於這樣的心情，他堅持排了行程，帶大家到一個炎熱的洞穴中，讓觀光客看到那樣的印度。他要他們在洞穴裡看到各種不同的女神，尤其去認識他最喜歡的一個——Chamunda查姆達。

> 江波向他們介紹：「Chamunda住在墓地，住在墳墓間，所以她的腳下有被鳥啄了、被豹吃了的殘缺不全的人的屍體。雖然她的乳房萎縮得像老太婆，但是她還從萎縮的乳房硬擠出乳汁餵成排的小孩。你看她的右腳因為痲瘋病而腐爛，她的腹部也因為饑餓而凹陷，她還被一隻蠍子給咬著，她忍受疾病和疼痛，還要以萎縮的乳房餵小孩子。
>
> 「我好喜歡這座Chamunda，每次來到這裡我一定參觀這座像，為什麼呢？因為這座Chamunda她表現出印度人一切的痛苦，這座雕像表現出長久以來印

度人體驗到的病痛、死亡、饑餓，這座女神身上有他們深受其苦的所有的疾病，例如眼鏡蛇、毒蠍之毒。儘管如此，她喘著氣，還要以萎縮的乳房餵小孩。

「我想這就是印度，我想讓各位看到的是這樣的印度。」

這時候好幾個人圍著江波，其中有人發問了。小說裡沒有告訴我們究竟是誰問的，問題是以比擬評論的方式發出的：「那麼這座女神和其他女神不一樣，就好像是印度的聖母瑪利亞？」

江波回答：

「要這樣想也可以，不過她不像聖母瑪利亞的清純優雅，也沒有穿美麗的衣裳，反而又老又醜，痛苦得喘息。請看她因充滿痛苦而往上吊的眼睛，她和印度人一起受苦，這是十二世紀所製作的，她的痛苦現在並未減緩，和歐洲的聖母瑪利亞不一樣，是印度之母Chamunda。」

這又繞回了《沉默》中糾纏著洛特里哥的問題：我們如何認識耶穌基督？如何想像神？歐洲的聖母瑪利亞從上天俯視世人、悲憫世人、幫助世人、救贖世人，那就不是遠藤周作所想像的神的地位與作用。

他信仰的，他想像的耶穌基督與聖母瑪利亞，比較接近印度的查姆達。也比較接近在〈母親〉中出現的那個經過時間折磨，曾經斷開又用強力膠黏回去的那身聖母像，和所有的人一起受苦的，才是真正的神。

如果神從來不能體會痛苦，要如何幫助受苦的人，讓人得到救贖？《深河》中江波在短短的一段中說了三次「她（查姆達）還要以萎縮的乳房來餵小孩」，她已經無法顧及自己有多少能力，只能拚命地站在被拋棄的人那邊。

明白理解了遠藤周作的態度，我們也就知道《沉默》改編電影裡犯了一個嚴重的錯誤。電影中被踩過的是銅質的耶穌和聖母像，但遠藤周作描述的是要有腳印留在耶穌基督身上，祂才從原本聖潔在上的地位，被拋棄之後，成為真正受難，和被拋棄者在一起的那個信仰對象。

婚姻的束縛

《深河》小說中，藉由美津子又聯繫到磯邊。磯邊聽到醫生宣告他的癌末妻子只剩下四個月的生命，突然意識到結婚了三十年的配偶即將離開他，因而接觸、接近了在醫院裡當志工、曾經照顧過他妻子的美津子。

磯邊從來不覺得和妻子之間有著強烈的愛情。然而妻子臨終前卻突然激動地拉著他，對他說：「我相信有轉世，我一定會轉世再生，你一定要想辦法找到我！」這件事不只讓磯邊驚訝，而且感到困惑，依照和妻子的相處狀況，無論如何找不到這種情緒的來源，怎麼會在平凡的夫妻關係中迸發出如此浪漫、強烈的意志？

磯邊的妻子也曾經對美津子說過這個想法，美津子的反應是：「多麼幼稚的想法啊?為什麼要這樣束縛自己呢?為什麼想繼續跟這個男人在一起呢?」

妻子死後,磯邊忘不了這件事,他去找了許多和投胎轉世有關的資料。他會要去印度,是聽說那裡發現了一個小孩,才三歲,卻自稱是日本人轉世的。他擔心那會是死去的妻子投胎,一定要去見證尋訪。

遠藤周作經歷過父母悲劇性離異的婚姻,他自己後來娶了一個父親能夠認同的妻子,因而當他寫到婚姻時,幾乎都帶有上一代的糾結作用。我們已經知道他對於母親一直抱持著深刻的罪咎感,甚至因此而離不開母親強加於他的天主教。

有一段時間,他叛逆神父、叛逆教會,其實都是反映投射針對母親的不滿。然而就在他心中不滿最為濃烈難解時,母親突然去世了,他清楚知道自己懷抱著對於母親的逃避、厭惡心情,來不及改變、也來不及得到母親的諒解,就永遠失去了母親。

如果母親沒有死,或許他會在長大一點時和母親和解,或許是進一步無法忍受母親而選擇離開母親。那他的生命都會變得很不一樣。

但生命不會依循準備好的劇本走。他猝不及防遭遇母親之死，留下了罪惡感，以至於進一步使得他無法應對和父親的關係。本來如果持續對母親的叛逆態度，理所當然的一項可能是轉而認同和母親徹底相反的父親。然而在母親猝逝之後，他去和父親住，如果覺得自己有任何地方像父親，甚至只是同意父親，都會產生背叛母親的刺痛。

在這種掙扎中，他找到了機會刻意和父親決裂。他執意要到大學裡念文學，因為他知道那是父親一定不會同意的，如此表現自己和死去的母親站在一起。然後他又反抗父親為他安排的婚姻，自己找了一個對象，匆匆忙忙成婚。

對婚姻的真切反省

遠藤周作多次在小說中寫過這段經歷，每次讀到都難免感到驚心，忍不住會想：難道不擔心、不會避諱他太太可能會看到？他的比喻描述是：自己的婚姻像夢遊般，為了不要被父親推下一個黑洞，趕快跑離開，但繞了一圈，卻還是自己跳進同樣的那個黑洞裡。

意思是自己選擇的結婚對象，其實最符合父親的標準，是父親心目中兒子應該要娶的那種女人。於是他陷入再度背叛了母親的長期婚姻狀態中。

所以〈母親〉中寫著：從最危險的手術中醒來，意識到自己夢見了母親，卻沒有夢見妻子。他不能告訴妻子，因為每次提到母親，妻子都會不高興。這是他心中的嚴重糾結，娶了這樣一位妻子，等於對父親的價值觀投降靠攏，又一次背棄母親。

不過到了《深河》中，藉著磯邊的故事，遠藤周作換從相反的角度，反省如此建立的婚姻關係，對妻子何等不公平。參與那段印度之旅的人，有著各種追尋，而磯邊是要去重新認識和他結婚的女人到底是一個什麼樣的人。

表面上他依照妻子遺願去找妻子的轉世，然而他真正要探尋的，其實是已經死去的妻子。如果知道遠藤周作自身婚姻的來歷，知道磯邊所代表的，這段探尋會有另外更深刻的意義透顯出來。

印度之旅中還有一個叫沼田的童話作家，從解釋他為什麼寫童話的經歷中，我們又能循線知道這個角色也是部分遠藤周作的化身。

沼田選擇寫童話，因為只有在童話裡動物會說話，可以和人對話。沼田的童年、幼年在中國大連度過，後來父母鬧離婚，在那段艱難的家庭騷亂中，他收養了一隻雜種流浪狗，很多時間都耗在跟這隻狗講話。然而當必須搬離大連時，他不能帶走這隻曾經和他那麼親近的狗，和唯一最親近他的狗永遠分開了。

所以他總感覺到和動物之間有著和人之間不會有的特殊情感。之後有一段時間，沼田得了肺結核，養了一隻犀鳥陪他，後來住院要第三度動手術時，他太太帶了一隻九官鳥放在病房裡。他就在精神壓力最大，有可能手術失敗，必須做面對死亡準備時，和會學人講話的鳥說話。

遠藤周作曾經寫過「三連作」——〈男人與八哥〉、〈四十歲的男人〉、〈大病房〉——可以和關於沼田的這段一併閱讀。其實遠藤周作的諸多作品都是彼此明顯連結的，用對的順序、對的方式讀的話，這些內容會一層一層疊起來增加我們的理解，不只是對小說的理解，更是對這位作者的理解。

他是一位反覆嘮叨、再三回收運用類似材料，卻能不斷找出深化細節寫法的小說家。不同篇作品疊在一起，反覆提醒我們之前讀其他篇可能忽略的訊息，於是逐漸呈現出一幅既完整又充滿細節沒有疏漏的生命圖像。每篇小說中當然會有不同的虛構成分，然而背後源自遠藤周作真實生命經驗的困惑，對於探索答案的熱情與焦慮，卻始終一致，再真切不過。

第六章

日本社會的集體性——讀《武士》

失敗的傳教任務

《沉默》不是一本簡單的書。小說本身當然放進了許多複雜的內容，但更重要的，是書中碰觸的是長期困擾遠藤周作，他一直堅忍思考與探索的大問題，生命實存上的真問題。

天主教有可能在日本傳教得到信徒嗎？日本會有真正的天主教徒嗎？洛特里哥

終於見到費雷拉神父時，得到了一個震撼答案，因為費雷拉神父否認了這個可能性。一路支持洛特里哥忍受那麼多折磨的，正是他認定了自己的身分是耶穌會教士，任務是到日本克服一切困難傳教，他堅持信仰並始終執守責任。

他一直知道自己必須經歷艱險，甚至可能付出生命代價，但他願意做，因為他在服務教會，更是服務上帝，將上帝的福音傳遞到遙遠的日本，讓教會的力量擴展到日本。他在日本就表示日本的天主教徒得到了一個正式的牧者，一個信仰上的父親。他們被教導懷抱這樣的價值觀：將福音傳遍世界，愈是去不了的地方愈是應該去，自己的生命如果有任何意義的話，必定是建立在堅持讓困難地區的天主教徒維持他們的信仰、他們的教會。

然而在信仰與傳教道路上最重要的「導師」，也是他生命中最突出的父親形象典範，費雷拉神父卻給了他當頭棒喝的震撼。費雷拉神父非常痛苦，在痛苦中彰顯其真誠地告誡洛特里哥：不要再這樣想了！一直以為來到這裡將福音傳給日本人，這件事是錯的。

費雷拉神父用了一個生動的比喻：我們想像要到這裡來種起一棵大樹，那麼日本是一片絕對種不出大樹的沼澤。所有植物的根種入沼澤裡都會爛掉。洛特里哥剛開始無法接受，他很自然地問：那四十萬的日本天主教徒是什麼？那不就是你們在這裡長期傳教種出來的一棵大樹嗎？

所以費雷拉神父明白地否定：那不是真正的天主教徒，日本人是絕對無法成為天主教徒的。那不會是比喻中的那棵大樹，而是浮在沼澤上眾多沒有根的水生植物吧！

費雷拉神父這番話最大的作用，其實不是提出了洛特里哥全然無知的新鮮觀點，恰好相反，他點中了洛特里格心中早有懷疑，卻盡全力阻止自己去想、去面對的念頭。洛特里哥其實早有這樣的懷疑，但他絕對不能承擔讓這份懷疑孳生的代價。因為那就代表了自己千里迢迢來到日本，所有努力、所有忍受，都是沒有意義的。但另一方面，他又無法不看到眼前光怪陸離的現象，和他所知道、所認定的天主教、天主教徒有那麼大的差距。

這些人是天主教徒嗎？他一直在抗拒的問題卻不意被費雷拉神父挑起了，原本環繞著這個問題築起的堤防潰決了。他靠著對於耶穌會修士的認同與責任感忍耐了一切，現在卻從費雷拉那裡得到全然相反的、破壞性的訊息。他看到的日本只有寥寥可數的幾個信徒，他仍然以為那是被迫害後大幅縮減的結果，相信費雷拉神父他們來傳教時曾經有四十萬教徒。但費雷拉神父卻告訴他那是假的，沒有這種事，在日本傳教從來都沒有那麼了不起的成就，也從來都不是那麼偉大的事業。

洛特里哥的宗教熱情當然快速降溫，不過相對地，他的人道主義在沒有宗教約束後，迅速升高。沒有了耶穌會教士的宗教責任，他一眼就看出來應該做什麼選擇：如果做出棄教表現可以救人，為什麼不做？

「日本特色」的集體性

不過這個主題並沒有在《沉默》書中寫完，又延續到〈母親〉中刻意呈現了那些日本人自以為的天主教徒，無法被納入天主教會系統中的隱匿教徒。都稱為天主教徒，但日本人信仰的，絕對不是西方教士，像費雷拉或洛特里哥，他們認定的那種基督教。

「納戶神」並不是變裝掩護中的耶穌或聖母瑪利亞，根本就是日本人的母親原型，外面傳進來的宗教，已經被轉化為日本式的，要稱他們是天主教徒，真的很勉強。

就連《沉默》書中最關鍵的戲劇性行為——殉教，終究也顯現了「日本特色」。在西方基督教傳統，殉教一直都是個人選擇，是個人與信仰之間最緊密的關係。然而在日本的殉教現象，卻有著高度的集體性。幕府一開始禁止信奉基督教，原本號稱有四十萬信徒的教會幾乎是一夕瓦解，因為不是一個人一個人棄教，而是一座村子一座村子表態棄教。

反過來，在〈母親〉中，遠藤周作讓我們看到那些堅持信仰的人，殉教的人，也都是在村子中連結成網絡而存在的。這也就是為什麼他們無法放棄已有的祕密儀式，改用正常、公開的天主教儀式。他們的宗教在那些集會儀式中，和那些大家一起參加的儀式是完全分不開的。靠祕密集體性維持他們的宗教，放棄這份祕密集體性，也就沒有他們的宗教了。

信或不信，不是個人選擇，和西方基督教傳統很不一樣。日本的教徒會殉教或棄教，村子的集體決定比個人態度要來得更有作用。隱匿教徒長期以來集體過著雙面生活，白天外在地背棄耶穌基督、背棄聖母瑪利亞，到夜晚祕密向基督和聖母懺悔，這種生活將他們連繫在一起，他們離不開這個祕密團體，離不開這種生活，也就無法轉型成為公開的天主教徒。

沿著這個脈絡，在一九八〇年，遠藤周作完成了另一部重要作品《武士》。書中呈現了兩個得到教廷特許到日本傳教的團體，對於如何在日本傳教針鋒相對的立場。他們甚至鬧到西班牙宗教法庭上，進行了正式的辯論。

一方是叫威廉提的神父，他在日本居住生活過，他有這樣的觀察：「他們的皇帝一旦禁止天主教，他們身為貴族的藩主，一拋棄天主教義，他的家族跟他的武士就同時統統都離開教會；村長一棄教，村民也幾乎都脫離教會。在日本傳教三十年的問題，更痛苦的是，他說：當他們棄教的時候，他們表現的是一張若無其事的臉。」

所以他反對繼續在日本傳教，清楚代表了和費雷拉神父一樣，不相信日本會有真正天主教徒的態度，而且點出了高度集體性是日本教徒之所以絕對不會真實的關鍵因素。

害怕落單

威廉提神父在法庭上雄辯滔滔，提出了他對日本的具體認識：

我認為那些日本人，這是我在長期旅居生活中所瞭解，這個世界上最不適合我們信仰的人，因為日本人本質上對於超越人的絕對性，超越自然的存在，以及我們稱為超自然的東西，並無感覺。在三十年的傳教生活中，我好不容易才察覺到這一點。

原本對要告訴他們這個世界的無常是容易的，因為日本人本來就有，例如說日本服飾的概念就來自於無常，他們有這種感覺，但是可怕的是日本人有享受這無常的能力，對他們來說無常不是可怕，是他們可以應付甚至可以享受的。由於這個能力足夠，所以他們享受停留的樂趣，也由於這個感情他們寫了很多詩。

然而日本人並不願意從那兒提升，也不會去想提升之後再追求絕對的東西。他們討厭區分人與神的明確境界。對他們而言，如果有人之上的東西，那麼有一天人也一定可以達到。例如說他們的狗是人捨棄迷障的時候而存在，對我們而言，即使有與人完全不同的自然，但那也是包含人在內的群體，我們在糾正那種感覺上失敗了。

他們的感性就是總是停留在自然的層次，絕對不會再提升。在自然的層次裡，那種感性微妙精緻的令人吃驚，但那是在別的層次無法把握的感性。……

他甚至加了一段對於日本國土形狀的聯想：

每次翻開地圖，日本的形狀讓我聯想起一隻蜥蜴，不只是那個國家的形狀，日本人的本質也是這樣的。這是我後來才明白的，我們傳教士有如切斷蜥蜴而高興的小孩，但蜥蜴即使失去了尾巴還仍然活著，而被切斷的尾巴不久又長成了原狀，儘管我們教會已經在那裡傳教長達六十年，日本人卻毫無改變。

日本人不會改變，因為「日本人絕對不會一個人生活」，這是歐洲傳教士最無法理解的事實。威廉提解釋：

這裡有一個日本人，我們讓他更改信仰，可是他不是一個人活在日本，他背後有村子、有家，不止，還有他死去的父母或者是祖先。他的村子、他的家、父母祖先如活著的生命和他緊密地結合在一起，他不只是一個人，他背負著村子、家、父母和祖先的所有的一切爭議，於是很容易的他就會回到所有這些元素緊密結合在一起的世界。

他具體舉例，在日本傳教的人遇到的最大障礙是日本人總是說：「天主教的教義很好，但是我們的祖先不會在天國，那我們將來去了天國不就等於背叛了祖先？我們要和死去的祖先、父母緊緊連結在一起。」

兩派神父的激辯

和威廉提有著不同立場的，是西班牙神父貝拉斯可，他主張採取積極的手段在日本傳教，所以他推動了要讓日本和墨西哥通商。當時的日本藩主看中了通商利益，貝拉斯可認為可以利用這條誘因，讓天主教在日本生根。

貝拉斯可和威廉提很不一樣的地方，在於他認為應該運用靈活的手段，目的是要吸引、創造更多的天主教徒，那麼當然可以允許以更寬鬆的方法來擴張與散布天主教。貝拉斯可認為威廉提他們強調日本天主教徒不是「真的」是錯誤的態度。天主教會只要「真的」教徒嗎？形式上的教徒我們要不要？

更根本，其實也更令人不安的問題，遠藤周作念茲在茲無法放掉的問題是：我們真的了解信仰是什麼嗎？當我們自己說信或不信時，那意義是什麼？每個人的信都是同樣程度的信嗎？支持一個人成為信徒的條件，難道都是一樣的嗎？有可能在天主教會裡每位教徒都是「真的」信徒，都符合那樣的條件嗎？

小說中，辯論會之後，要由宗教法庭判定哪一方是對的。因為具體牽涉到貝拉斯可從日本帶來的代表，是否應該被接受？宗教法庭判定應該接受他們，也就是視他們為真正的日本使者，可以去和日本的統治者溝通，來擴張天主教在日本的勢力。

然而此刻出現了一項重大逆轉因素。看起來輸了的威廉提表示自己手上有一封才剛收到，所以前面來不及呈送的信，是一位日本的主教寫來的。信中傳遞了最新的消息：德川幕府宣布在全日本禁行天主教。

這意味著雙方熱烈討論是否應該加強在日本傳教時，忽略了這根本不是一個可以在西班牙靠辯論、審判來決定的問題。有一個不在控制之內，卻遠為強大的力量直接堵住了天主教在日本的傳教途徑。貝拉斯可的主張瞬間瓦解，說了這麼多都沒用，日本幕府正式、明確的拒絕了天主教。

從小說背景時序上看，《武士》等於是《沉默》的前傳。德川幕府原本以比較鬆弛的方式在自己直接統領的區域內禁教，後來卻強化並擴大了禁教的做法，因而才逼出《沉默》書中描述的殉教或棄教考驗。而《沉默》中洛特里哥向費雷拉探問四十萬天主教徒，指的也就是在幕府嚴禁天主教前曾經有過的情況。

《武士》的核心人物是野心勃勃的貝拉斯可。遇到來自西班牙的船隻在日本擱淺遇難，他前去說服東北的藩主蓋一艘大船，將這些船員送去墨西哥，順便可以展開和墨西哥的生意往來。過程中貝拉斯可占據主導地位，因為他學過三年日語，可以居間通譯，他想藉自己的能力創造機會，嚮往能成為羅馬教廷派駐在日本的主教。

雖然身分是神父，但貝拉斯可更像是政治人物，懷抱著對於權力與外交的高度熱情。他自己都知道，有著政治動機使得他的宗教不純粹，經常擺盪在信仰與權謀之間。所以他最適合用來展現遠藤周作的根本問題意識：他從來無法百分之百把握自己的信仰究竟是什麼？自己和信仰之間的確切關係又是什麼？

信仰的共犯

貝拉斯可他們的船從日本要航行超過兩個月才能到墨西哥，船上搭載了許多商人，於是貝拉斯可和商人之間就形成了一種「信仰的共犯」。貝拉斯可誘惑他們，勸他們應該成為天主教徒，將來到了墨西哥做生意會大有幫助。被這項利益動機打動了，第一波就有三十八人選擇受洗，他們絕大部分都明白自己是受利益誘惑而願意成為天主教徒的。

這應該被當作是貝拉斯可的傳教成就嗎？然而他的動機與其說是宗教的，毋寧和另一方面的權力、外交本能關係更密切吧！之所以如此積極勸誘這些人受洗，因為他心中已經在盤算要再從墨西哥將這些人帶到羅馬教廷去。他知道被他視為對手的另外一方勢力不斷向羅馬教廷宣揚：日本極其仇視天主教，日本不適合傳教。他想好了要帶著這些教徒現身，作為再強有力不過的證據，壓倒對手：是你們不懂得如何在日本傳教，是你們傳教不力，卻還怪日本不適合傳教。

貝拉斯可很清楚這些受洗的日本商人，幾乎都是方便的信徒，不是真正的信仰者。他們是受外在的、信仰以外的因素影響而加入教會的。

遠藤周作要點出的，是信仰不可能徹底獨立存在，信仰和人的認知、思考、價值觀以及人際互動是分不開的。所以不應該、不能單獨看待信仰。信仰必然牽涉種種估計考量，全部複雜地混同在一起。

貝拉斯可就是遠藤周作用來表現「不純粹」信仰的神職人員。為了讓讀者更能真切體會那份似乎與神職不相容的「不純粹」，遠藤周作甚至動用了第一人稱，讓貝拉斯可在小說中現身說法自剖他的種種糾結。

不過從書名判斷，貝拉斯可在書中分量再重，都不可能是主角，因為他不是「武士」。書名《武士》指的是長谷倉六右衛門，和一直積極野心勃勃採取主動的貝拉斯可形成對比，他是莫名其妙被牽扯入事件中的。長谷倉六右衛門被上級封建藩主派去當代表，而他從來都不知道自己為何被選上。他最大的特色就是被動，遵守命令，非但不會違背，甚至也不會表現出任何質疑。

在航程中有一段，四名使者中最機靈的松本向其他人分析：為什麼是他們幾個中級武士雀屏中選？因為他們都被換過領地，而且是明顯地從比較好的領地換成較差的，藩主預期他們會有不滿，會想換回原來領地，改善目前的狀況。所以選擇將他們派到遙遠的墨西哥去，一來航程漫長有諸多危險變數，那些高級武士不能死，他們死了會帶來很多問題，相對地，中級武士多一個、少一個不會有太大差異。二來前所未經的任務當然很可能失敗，如果失敗了，身為武士必須切腹，那就同時解決了這幾個人懷抱的不滿。

可是還有第三種可能啊？藩主一定也希望任務會成功吧！如果成功了，也很好處理，藩主就將原來比較好的領地換還給他們，不需要花太大的代價，給了他們酬報。

被動老實的長谷倉六右衛門聽了這番話很難接受，他寧可相信藩主真的是好意給他們可以立功的機會，但同儕的分析卻又無可避免留下了深刻印象，讓他覺得這次的任務絕對不能失敗，失敗就什麼都失去了。

梵蒂岡的耶穌基督

偏偏在西班牙宗教法庭上，他們功虧一簣，最後被裁定不能繼續在日本傳教，那麼藩主和西班牙殖民地墨西哥建立商業關係的期待也落空了。此時要避免徹底失敗，回日本後什麼都沒有，只剩下最後一點希望，那就是往更高的上級去爭取，去羅馬試圖說服有權力推翻西班牙主教決定的人。

貝拉斯可將賭注放在一位樞機主教身上，靠這位樞機主教爭取見到教宗的機會。於是他對剩下來的三位日本使者威脅利誘，要他們入教，這樣他可以到教宗面前顯示：連日本皇帝所派的使者都接受傳教成為天主教徒了，怎麼說日本不能傳教呢？而且使者是由貝拉斯可傳教成功的，所以將日本的傳教事業交給特別會傳教的貝拉斯可，是最好的選擇。

三名使者中最年輕的一個，對於自己原本認識的狹小日本以外的世界充滿了興奮好奇。所以他近乎主動地願意成為天主教徒。另外一個則是從功利角度考量，和船上的那些商人一樣，同意成為形式上的天主教徒。於是只剩下長谷倉六右衛門，他很掙扎，很不願意信奉沒有祖先、父母在的宗教，但任務又不能失敗，最後他只好答應了。

長谷倉六右衛門變成了一個奇怪的天主教徒，比較像是一個旁觀者。他住進修道院，每天參加彌撒，逐漸地對「那個人」愈來愈熟悉了。「那個人」如此瘦弱、如此悲哀，被釘在十字架上，以至於使得他無論如何不可能產生敬愛之情。他不能接受、更不能理解，為什麼大家都相信「那個人」，還能夠衷心敬愛「那個人」呢？

到這裡，遠藤周作又擴大了他問的問題。前面已經問了——天主教有可能在日本生根，來到日本創造出真正的天主教徒？現在換相反方向問：天主教真的有普遍性嗎？可以超越國界、超越文化、超越社會型態，在不同的地方都創造出「真正的」教會與教徒嗎？

《武士》書中，他們千里迢迢從日本去到墨西哥，當然認定自己是有史以來最早到達墨西哥的日本人，卻不料聽到有人告訴他們，比他們更早已經有一個日本人在這裡了。而且後來這個日本人還真的現身了。

這個日本人不是居住在西班牙殖民者認定的文明環境中，而是和印地安人一起生活在莽原。而且他曾經是修士，卻被從修道院裡驅逐出來。可以說他是一個將自我放逐在印地安人間的日本人。

在小說最後的部分，長谷倉六右衛門他們再次去找這個日本人，他因為心臟病的關係快要死了。長谷倉六右衛門向他請教那個關鍵的問題：究竟如何敬拜「那個人」呢？這是難得的機會，他可以從一位日本修士那裡得到答案。

在此之前，長谷倉六右衛門他們才去了羅馬，對梵蒂岡留下了深刻印象。垂死的日本人給他的回答是：我們之所以相信耶穌基督，因為他是一個被拋棄的人，所以他永遠不會拋棄被拋棄的人。然而這樣的說法和長谷倉六右衛門在梵蒂岡所見到的豪華宮殿，金碧輝煌的各種現象，實在差距太大了。

於是荒野中的垂死之人直接告訴他：真正的信仰不是那麼富麗堂皇，不是那樣豪華燦爛，在梵蒂岡看到的不是真正的耶穌基督。

第七章

基督的普世價值

天主教有普遍性嗎？

雖然《武士》小說中沒有多做交代，不過荒野中的這位日本修士其來有自，很多地方都明顯延續了《深河》中大津的特性。讀過《深河》很容易可以將大津的形象與經歷套回來，了解這個人為什麼被修道院趕出來，又為什麼近乎自我放逐地選擇去莽原中和印第安人住在一起。

他信奉的是比羅馬教會與一般修道院願意承認、接受的，更普遍也更根本的天主教。在這幾個故事中，遠藤周作進行了一連串的轉折探問，得到了一層深入一層的連鎖答案。

他誠實地問：我算是一個天主教徒嗎？我是一個什麼樣的天主教徒？進而問：這叫做天主教的信仰有普遍性嗎？還是到了不同地方就變成不同的內容，像是在日本就形成和歐洲不一樣的日本天主教？到了墨西哥就變成墨西哥天主教？再進一步，如果這樣，個人也有個人「自己的天主教」？因應不同生命歷程、不同動機、不同理解程度與不同認識角度，就有不一樣的天主教信仰？

在《沉默》中，我們得到了一個令人不安、和教會立場很不一樣的答案：「真正的」天主教進不了日本，只會有日本式的天主教。然而遠藤周作並沒有要停留在這個費雷拉神父所提出的答案上，他還要再往前走。

從《沉默》到〈母親〉，最大的意義是凸顯了日本人的集體性。這和回顧解釋日本戰爭責任的時代風氣是有關係的。從《海與毒藥》開始，遠藤周作就在思考

「沒有恥感的文化」的問題，到此他看到了另外一面，那就是高度集體性才是日本社會的最為堅實的本性。投入一個信仰或離棄一個信仰，都不是個人的事，而是整個村子投入、整個村子離棄，豈不是就和全國忽忽若狂投入軍國主義，又忽忽若狂轉向崇拜美國美軍一樣嗎？

相信天皇時，是一整個村子一起相信的；所以也很容易一整個村子轉而一起相信麥克阿瑟將軍。這就是集體的殉教與集體的背教。在很短的時間內，日本可以有四十萬天主教徒，如果要靠傳教士一個一個去說服、爭取不可能有這種成績。這些日本人相信天主教的過程，和他們後來快速拋棄天主教是一樣的。在那過程中，她們面無表情，既沒有得到信仰的狂喜，也沒有必須拋棄信仰的痛苦。

從遠藤周作的這個觀點看去，日本人對於天皇其實也沒有真正的信仰，而是一種依附在集體儀式上的心理作用，那些強烈崇拜天皇，緊緊抓住「靖國神社」不放的右派，是極少數。

遠藤周作以天主教徒的身分提出了批判，因為天主教強調人內在對於信仰的真誠感受，一種個人與信仰之間的關係，但卻也是在這點上，天主教會自身沉陷在表面的儀式行為裡，失去了足夠的重視，才引發了馬丁·路德的改革運動，牽扯出後來天主教會自身的復興振作。從這段內外拉鋸的歷史反射來看，對於日本集體文化產生了獨特的洞見。

教會的意義

雖然沒有明示，不過在遠藤周作的小說中，遠溯天主教在日本的歷史，隱含了對於日本之所以在二十世紀經歷從戰爭到戰敗狼狽過程的解釋——主要因為那是一個沒有個人靈魂的社會。就連最講究個人靈魂救贖的基督教進入日本，都被集體化了，最強烈的個人選擇，要殉教還是棄教，在日本也都放入集體中來形成。

遠藤周作提供了特殊位置的視角，以天主教徒立場觀察、批判日本社會。但他也沒有停留在這裡，進一步他還是要誠實叩問：那自己又是什麼樣的天主教徒？天主教的普遍性究竟是什麼？從《沉默》經過《深河》到《武士》，他有了答案。自然不會是簡單、直截了當的答案。

首先，他肯定了基督教有其普遍性，那不是上帝，而是耶穌基督。所以他在寫完〈影子〉、〈母親〉之後，寫了《耶穌基督的一生》，更加明確伸張耶穌基督的精神，那是基督教最重要的普世性依據。

而耶穌基督精神源自於他是個受難者，沒有比這個身分更重要的因素了。《新約聖經．四福音書》中對於耶穌基督的種種描述，遠藤周作看來其中很多內容反而都是干擾。奇蹟、復活、顯靈等故事，只具備有外緣的作用，無法凸顯耶穌基督真正的特殊性。

真正的耶穌基督只有在四十天的荒野考驗，被審判釘上十字架時顯現，使得祂的經驗能為世人體會。被放逐於荒野時，祂自我懷疑，苦呼上帝，問：「主，祢在哪裡，為什麼要這樣對待我？」這不正就是洛特里哥受到嚴酷考驗時對耶穌基督發出的呼喊嗎？「為什麼我最需要祢的時候，祢始終保持沉默？」

如此洛特里哥或任何曾經困惑受苦的人，都能和耶穌基督連結上。祂也覺得自己被拋棄了，一層又一層無法理解的苦難堆疊到祂身上，從被拋棄的靈魂再到成為受難的靈魂，終至在還得不到答案之前，在十字架上失去了生命。這時候祂才變成了基督，祂才成為具備有強大安慰、救贖力量的那個象徵——祂代表了所有被拋棄、所有遭難受苦的人，象徵了絕對不會拋棄他們的一股永恆的力量。

也就是：耶穌基督的精神是普世的，但天主教會不是，天主教會不能代表耶穌基督，更不能壟斷耶穌基督。《深河》小說中透過大津的實踐要呈現的正是：真正的耶穌基督不在天主教會裡，而能夠在天主教會以外找到、實現耶穌基督的精神，不才證明了其普世性質？從普世性的角度看，耶穌基督必定超越天主教會。

狗的眼神

有一個貫串的象徵，在《武士》書中再度出現了。貝拉斯可在一個人身上，看到了像狗一樣的悲哀眼睛。像狗一樣的悲哀對遠藤周作來說指涉的是童年時真正給予他依賴的那段記憶。面對可怕的生活危機，感覺到自己被忙於離婚的父母拋棄了，他只能從一隻狗那裡得到慰藉。然而接下來，當他要搬離大連時，換成那隻狗被拋棄了，而且從狗的眼光看到的，應該是被他拋棄的吧！

他對那隻狗產生了強烈的共存感情，因為兩者都是被拋棄者，在被拋棄者彼此的同情中，他能夠得到安慰。那是遠藤周作小說中出現「像狗一樣悲哀的眼光」時，我們應該知道的背景。

《武士》書中，像狗一樣悲哀的眼光出現在右衛門的助手，地位更低，甚至不是武士的與藏身上。當右衛門同意去受洗禮時，助手與藏也必須跟著一起成為天主教徒。然而和三名被貝拉斯可威脅利誘拉來受洗的使者不一樣，與藏竟是自願、衷心選擇成為天主教徒的。

與藏在從日本到墨西哥的航程中，第一次遇到暴風雨而大受震撼。地位最低的助手和商人一起住在大統艙，統艙中進了水，將他們的包袱，所帶的東西都浸濕了。看到與藏全身濕透的狼狽模樣，貝拉斯可將一條自己的被褥交給與藏讓他使用。與藏從來沒有遇見有人不顧身分來幫助他的。換句話說，在他因暴風雨而感到最無助，在被拋棄的感受中時，遇到了一個竟然不拋棄他的力量，他是認定這件事、這個力量而決定信教成為教徒的。

如此才刺激出一個真正的信仰者，和那些為了其他外緣因素、考量而入教的方便信徒，形成了很大的對比。耶穌基督的精神會在很多地方，尤其是在教會之外出現。

貝拉斯可甚至將這些人帶到羅馬，進入梵蒂岡，還懇請教宗接見他們。進入教會的最高殿堂，見到了教會中的最高權威，並沒有讓他們對基督教產生感動，沒有說服他們。是誰才給了他們真切的內在震動，感受到基督教的存在？反而是那個被趕出教會，居住在墨西哥荒野中的人。

他會在莽原中，因為自願選擇和印第安人住在一起。在墨西哥的印地安人被西班牙人統治壓迫，他們是邊緣無助被拋棄的人，他選擇活在苦難的人之間，他了解真正的耶穌基督，對他那是再真實不過的信仰。

相較於被教會趕出來的這個人，羅馬寶座上的保祿五世只是給錢的人，不是真正的信徒。

信仰者的心態

小說開始時，貝拉斯可自覺是一個很有彈性的教徒。他是神父，卻又知道自己的信仰中有很多無法調和的矛盾、衝突。例如內在有強烈的性慾，睡覺時必須將自己的手綁著，才不會有無法控制的自慰行為。又例如他如此積極想去日本傳教，表面上是為了事奉主，但內在是根源於無法抑遏的強烈野心。

這樣一個方便的教徒，而且自知並主張不需要去分辨「真正的信仰」，貝拉斯可後來卻經歷了一場 conversion，在宗教態度上的醒覺轉變。那是發生在野心勃勃安排設計的一切通通落空時，確定一切機會都喪失了，成為一個挫敗者，改變了他的心情。

他開始同情身邊的這些人。其中一個人確定任務失敗後就在船上切腹自殺了。他痛苦地思考他們回到日本怎麼辦？

他考慮自身未來的方式也改變了。他已經不可能得到日本主教的職位，他的叔叔在介入教會鬥爭過程中，替他安排了去馬尼拉。原本依照他的身分，依照他對教會權力運作的了解，他應該依從安排換到馬尼拉去發展。但他卻決定和這些人一起回日本。

那個日本和他們當時離開的日本，已經很不一樣了。進入了《沉默》裡所描述的嚴格禁教狀態，船上僅存的兩位使者陷入新的困境。他們根本不信任天主教，卻誤打誤撞受洗成了天主教徒，回到日本之後光是曾經有這樣的身分，就足以使得周遭的人都因害怕、忌諱而遠離他們。

野心勃勃的貝拉斯可竟然願意回到一個充滿宗教迫害的日本。他走了一條遠藤周作認定真正信仰者必經的道路。將相關作品放在一起讀，遠藤周作的想法很清楚地浮現上來，人如何成為真正的信仰者？首先，如果信仰可以為你帶來任何世俗的好處，你不會是一個真正的信仰者；其次，當你從來不曾經歷被拋棄，沒有真切的受難經驗，你也不可能成為真正的信仰者。

遠藤周作在意的是信仰者的心態。志得意滿的貝拉斯可原本屬於天主教會的主流，構成教會的重要層面，但實際上在心態上並不具備真實的信仰。不是他們選擇不要信，選擇當一個虛偽的教徒，而是他們沒有條件真正相信耶穌基督。只有原先生命所依恃的一切都失去了，野心只帶來悲哀與失落時，當強烈感覺自己被拋棄了，才有機會碰觸到耶穌基督的真精神，才不會以虛假的外在原因來決定自己的信仰。

上帝為何沉默？

終於要說到《沉默》的書名了。上帝始終沉默代表什麼？讀小說或看電影時，一種感受方式是設身處地同情洛特里哥的悲憤，終而認同他棄教的決定，並以為他是因為上帝的沉默而決定放棄的。為什麼上帝不幫忙這些信徒，為什麼上帝一直保持沉默，豈不是代表上帝不存在？無法去除心中對於上帝或許根本不存在的懷疑，所以原本相信上帝的人沒辦法再相信下去。洛特里哥再也感受不到上帝或耶穌基督，關鍵時刻總只得到沉默，所以他放棄了。

然而用這種方式讀小說，顯然違背了遠藤周作的本意。他真正要呈現的，是上帝與耶穌基督的沉默是有意義的。那正是找到費雷拉神父，過去的導師給他的人間功課。

如果這個世界就如我們願意接受的那樣，所有孤苦無靠的人，只要相信上帝就有奇蹟會發生在他們身上，當他們受苦時就能得到解救，那對我們看待這個世界的態度，會產生什麼樣的作用？

我們可以安心，我們可以方便的依賴自己的信仰，然後什麼事都不必做了。事實上很多教徒便是如此，對於世間的不義與痛苦，他們強調應該跪下來禱告，強化自己的信念，如此而已。

只要禱告只要信，上帝會幫我們解決債務，會幫我們除掉惡人，會幫我們消滅貧窮……遠藤周作無比認真地問：這真的是基督教嗎？這真的是耶穌基督的意義與作用嗎？耶穌基督真的是來免除我們所有責任的嗎？

耶穌基督的沉默，逼著人去了解、去選擇、去承擔自己作為人的責任。在那之前，原本洛特里哥總是「窮則呼天」，遭遇困難與痛苦就祈禱求耶穌基督現身介入，費雷拉點醒他：可以這樣嗎？在現實上，這種訴諸禱告的態度與做法，其實是規避了自己去解救這些人的責任，失去了解救他們的機會。當上帝與耶穌基督保持沉默，那是對你的考驗，將救助的人間責任擺放在你的肩上，看你願意還是不願意承擔？

在這種狀況下，你珍惜自己、愛自己到什麼樣的程度，以至於你願意付出多大的代價去幫助他人、解救他人？你會捨不得自我的利益、地位或享受，而無法有任何行動嗎？

這樣的思考，指向人的集體道德責任，和基督教有關嗎？遠藤周作藉由小說中費雷拉和洛特里哥的具體生命經驗，要清楚地說：「有的！因為耶穌基督示範了這件事。」

這不在人的本能或邏輯選擇範圍內，然而耶穌基督在自己體驗了被拋棄的痛苦之後，承諾不會拋棄任何被拋棄的人，於是改變了人的可能性。這才是最偉大的基督精神。

沒有耶穌基督，在俗世間我們理所當然地算計，理所當然地量力而為，理所當然告訴自己大部分的事都超過我所能承擔的，只能交給比我有資源、有能力的人去做，與我無關。但在宗教介入了之後，受到耶穌基督精神的感召，當上帝保持沉默時，你知道那是你的責任，你應該效法耶穌基督讓所有被拋棄的人都能得到安慰。這些人不是從現實層面，而是從宗教層面和你緊密連結在一起。

所以《深河》這部小說最後結束在解說：德蕾莎修女是耶穌基督精神真正的實踐者，她就是耶穌基督的化身。

耶穌的復活

放寬視野會看到——顯然很多耶穌基督真正的信仰者不在天主教或新教教會中，他們以不同面貌在不同地方出現。遠藤周作這樣的信仰態度，太過於深邃糾結，所以只能用小說來表達，而且還是分別在不同的小說作品中，一段一段呈現的。

這樣的概念可以像我這樣用說明、理論性的語言表出，但化為小說內容有另一層特殊意義：讓讀者看到、感受這些人的生命，顯示他們所處的human conditions，人間條件，表示這不是儀式的、表面的，而是肉體的、真實的信仰。

天主教會期待強者，要求教徒堅強殉教來維護信仰，然而唯有弱者，會被拋棄也的確被拋棄過的人，才可能真正了解耶穌基督，真正信仰耶穌基督。他必須在生活中體會被拋棄的感覺，然後生出另外一種勇氣、另外一種力量，那不是殉教的勇氣與力量，而是像大津那樣去恆河邊上背屍體的勇氣與力量。

這中間有著弔詭的強弱辯證，到後來無法單純區別強者和弱者。遠藤周作心目中理想的信仰者既是弱者，也是強者。他因為弱勢而被世界所拋棄，但他卻不放棄這個世界，不放棄這個世界上任何最悲苦、被拋棄的人。他勇敢地堅持這樣的態度，而因為他的弱勢，他恰好能夠、只能夠去幫助那些比他更弱的人。

這當然不是很容易實現的價值觀，然而卻可以作為我們思考人生意義的重大刺激與參考，指向人內在的某種普遍道德性，或至少是道德性的可能。

解釋耶穌基督精神，還有一個繞不過去的重點——復活。依照遠藤周作對信仰的解釋，顯然他不可能認為耶穌基督事實上從墳墓裡出來，升到天國去。復活的不是耶穌基督的肉體，也不是他的靈魂，而是他的精神，被複製到許多地方，徹底改變了這個原本視弱肉強食為理所當然的世界。

在《耶穌基督的一生》中，遠藤周作特別強調，只有在荒野苦呼之後才是耶穌基督，因為他被拋棄了。對應在《深河》中，大津就是一個復活的耶穌基督。他的生命實質上從被美津子拋棄才開始，逼迫他必須真正去面對自己的宗教。然後他揹起自己所選擇的十字架，小說結尾處，我們不確定他是不是死了，因為那變得不重要了，即便他死了，終究他會復活的，就像耶穌基督的精神藉由大津復活一樣，大津的精神也會如同奇蹟般在無法預期的地方復活重現。

讀遠藤周作必須從他不是一個虔信教徒的條件開始，正因為他是一個不怎麼相信天主教的教徒，所以他對天主教的歷史下了很深的工夫去了解，而且是放置在特殊的日本處境中去了解。離開了表面、單純的教條，他認定了：上帝不是存在，上帝是作用，在人心靈上的作用。上帝是內在心靈中最深刻之處，在那裡發揮作用；對於上帝的信仰，就是相信有力量會從那難以捉摸心靈最深處產生作用。

我們從人的生命示範中認識了上帝。而小說的作用就是寫出這些似乎被上帝在關鍵時刻從心靈深處推了一把的人，認識這些人讓我們感知上帝，並且相信確實有上帝的作用。

基督精神的真諦

遠藤周作在《沉默》小說的最後，放入了兩份文件。其中一份文件以第三人稱的客觀視角，簡單地交代改了名字之後洛特里哥的人生。改編電影中，對這段有一個生怕觀眾誤解而增添的強調畫面。那是洛特里哥以坐缸形式死了之後，屍體要被抬出去時，讓我們看到他手中握著聖像。

那是他太太幫他放的，當時他在島上農民給他的那副。回應電影中多次出現十字架、念珠的近景鏡頭，表示那時候他是一個自負高傲的信仰者，自認為是要來教這些日本人什麼是信仰、該如何信仰。但到了最後他去世時，關係逆轉了，反而是通過這些卑微的弱者生命，指引他領悟了什麼是耶穌基督的精神。更直白地說，剛開始洛特里哥相信殉教者的地位崇高，也認定自己要成為一個殉教者，他認為自己是一個「施者」（giver），但要到棄教之後，他才體會了作為基督徒的意義，產生了他的謙卑，謙卑地去為這些人服務。所以當他去世時，陪伴他的不會是那些來自羅馬教會或耶穌會的聖物，毋寧更貼切的是一個卑微鄉民手做的粗糙樸實耶穌像。

所以到後來，洛特里哥將耶穌基督稱為「那個人」，因為祂身上的精神，比祂是誰，祂叫什麼名字更重要了。耶穌基督精神可以在其他人身上復活，附隨在有著不同名字被拋棄卻又發願不拋棄被拋棄的人身上。耶穌基督是這份精神最偉大的示範，但耶穌基督不會壟斷這份精神，洛特里哥也可以成為復活這份精神的人，他自己就是耶穌基督。

從西方來的信仰進入日本，最難讓日本人接受，也最難讓遠藤周作接受的其中一點，是神與人之間的絕對距離。在《沉默》中，從費雷拉口中指出這點，像是對於日本社會的批判，然而繼續讀了《深河》我們卻能了解遠藤周作的態度是倒過來的。他是要指出天主教出了什麼樣的問題，教會傲慢地以這個觀念為前提，要推動到不同地方規定所有的人都必須接受。

首先這種觀念不是每個社會都能接受的，其次，更重要的，明明耶穌基督不是那樣和世人隔絕的，這種觀念自身缺乏信仰上的合法性。

從原本意識到要成為一個殉教者，到後來棄教，洛特里哥的變化就來自於原本以為和上帝之間只有崇拜上帝、為上帝獻身的關係。但後來他不再如此相信，藉由棄教他讓自己成了耶穌基督，他和耶穌基督之間沒有絕對的差異。此時洛特里哥的實踐是將人抬高，去靠近耶穌基督，去體會耶穌基督，相信耶穌基督所做的事，並且模仿耶穌基督所做的事。

美津子在印度認識了查姆度，那是一個像農婦般的女人被抬高成為了聖母，因為這個女人同情弱者，和弱者同樣被放棄、被踐踏。

這些信念貫串了遠藤周作的作品。他雖然身分上是天主教徒，但在信仰的態度上恐怕更接近基督新教，也就是認為要自己去體認上帝，而不是藉由教會告知的標準答案。進一步他的觀念還超越了基督新教，甚至認定只有一種人在終極之處找到了典範，知道了耶穌基督精神真諦，如此不管和教會有什麼樣的關係，也不管人在何處，表面有什麼樣的身分，才會是真正的基督徒。

為了傳達這樣的信念，幾乎耗盡了遠藤周作在小說嚴肅追求上所有的精神與努力。

遠藤周作年表

年份	年齡	事蹟
一九二三年	出生	出生於東京，是家中次男，父親遠藤常久當時從事銀行工作，母親則是音樂系背景。
一九二六年	三歲	三歲的時候，因父親工作異動，一家人從日本搬到當時被日本占領的大連（滿洲關東州）居住。
一九二九年	六歲	進入中國大連的大廣場小學就讀（現改為大連市第十六中學）。
一九三三年	十歲	因父母離異，遠藤周作與哥哥正介跟隨母親回到日本與阿姨同住，同年轉入神戶市的六甲小學。
一九三五年	十二歲	進入私立灘中學就讀。母親因姊姊影響成為天主教徒，也讓遠藤周作受洗為天主教徒，取教名保祿（パウロ）。

一九四一年	十八歲	進入上智大學預科就讀。
一九四二年	十九歲	從上智大學預科退學，報考浪速高、姬路高、甲南高等舊制高中卻接連失利。同年，因經濟考量，搬到父親家中居住，父親要求他就讀醫學院。
一九四三年	二十歲	進入了慶應大學文學部預科就讀，因違背父親醫學院的期許，父子決裂，遠藤周作搬出家中寄住友人家。
一九四五年	二十二歲	進入慶應大學法文系，日本正值陷入二戰苦戰，遠藤周作當時亦收到徵兵通知，雖體檢結果為乙種體位，但因得了急性肋膜炎而延期入伍。翌年回到父親的家。
一九四七年	二十四歲	發表〈諸神與神〉，以評論家身分在文壇初登場。
一九五〇年	二十七歲	以戰後第一批留學生的身分前往法國里昂大學讀書。留學期間持續撰寫評論，也開始發表法國留學生活見聞的散文作品。
一九五二年	二十九歲	肺結核發作，病況持續惡化，放棄里昂大學的論文寫作，翌年回國。

一九五三年	三十歲	回到日本，出版散文集《法國大學生》。年底母親去世。
一九五四年	三十一歲	發表了第一篇短篇小說〈到雅典〉，並且接續寫了中篇小說《白人》。
一九五五年	三十二歲	以《白人》獲得芥川獎。九月與企業家岡田幸三郎的長女順子結婚。
一九五六年	三十三歲	長男遠藤龍之介誕生。
一九五七年	三十四歲	發表了中篇小說〈海和毒藥〉。
一九五八年	三十五歲	《海與毒藥》正式出版成書，並以此獲得第五屆新潮社文學獎和第十二屆每日出版文化獎。
一九六〇年	三十七歲	肺結核復發住院調養，臥病長達兩年多。同年出版《火山》。
一九六三年	四十歲	搬家到町田市玉川學園，並將新居命名為「狐狸庵」，自封為「狐狸庵山人」。
一九六四年	四十一歲	出版《我・拋棄了的・女人》。

一九六五年	四十二歲	為了創作《沉默》，多次前往長崎平戶旅行取材。同年，出版了《留學》、《哀歌》等。
一九六六年	四十三歲	三月，出版長篇小說《沉默》，十月，以該書獲得第二屆谷崎潤一郎獎。同年，還出版有《金與銀》、《協奏曲》等。
一九六七年	四十四歲	受葡萄牙大使邀請赴葡萄牙的阿爾布費拉，參加聖文森三百年祭紀念會。同年，出版《吊兒郎當生活入門》、《我的影子》等。
一九六八年	四十五歲	擔任「三田文學」的總編輯（至一九六九年）。同年，出版《影子》、《周作談話》等。
一九六九年	四十六歲	一月，為了創作《薔薇之館，黃金之國》，前往以色列旅行取材，二月回國。受美國國務院招待，前往美國旅行，五月回國。同年發表短篇小說〈母親〉，並且出版《狐狸庵向前進》、《遠藤周作幽默小說集》、《不得了》、《薔薇之館，黃金之國》。

一九七〇年	四十七歲	小說《不得了》改編成電視劇播出。再度前往以色列旅行，五月回國。同年，出版《遠藤周作怪奇小說集》、《愛情論—幸福雜記》、《石之聲》等。
一九七一年	四十八歲	為創作《湄南河的日本人》前往泰國旅行取材。獲羅馬教廷頒贈「聖思維教宗騎士團勳章」。同年，出版《母親》、《埋沒的古城》、《遠藤周作劇本集》等。
一九七二年	四十九歲	前往羅馬旅行並且謁見羅馬教宗。十月，擔任日本文藝家協會常任理事，作品開始被翻譯到西方世界，包括《海與毒藥》、《沉默》相繼出版外語版。同年，出版《牧歌》、《狐狸庵雜記》等。
一九七三年	五十歲	出版《死海之畔》、《湄南河的日本人》、《耶穌基督的一生》等。
一九七四年	五十一歲	為長篇小說《他的生活方式》取材，前往墨西哥。同年，出版《最後的殉教者》、《談日本人》等。

一九七五年	五十二歲	前往歐洲為當地日本人舉辦巡迴演講。同年，出版《他的生活方式》、《談日本人——續篇》等。
一九七六年	五十三歲	擔任《半開玩笑》總編輯。為取財前往韓國旅行，並受邀前往美國演講。同年，出版《我是個好奇者》、《砂之城》等。
一九七八年	五十五歲	以《耶穌基督的一生》獲得國際道格．哈馬紹獎。同年，出版《耶穌基督的誕生》等。
一九七九年	五十六歲	二月，以《耶穌基督的誕生》獲得讀賣文學獎（評論、傳記類）。四月，獲頒日本藝術院獎。同年，出版《瑪麗．安東妮王后》等。
一九八〇年	五十七歲	出版《結婚論》、《武士》等，並以《武士》一書，獲得野間文藝獎。
一九八六年	六十三歲	受台灣輔仁大學邀請訪台，舉辦宗教與文學的演講活動。同年，出版《醜聞》等作。

一九八七年	六十四歲	獲得喬治城大學榮譽博士。受韓國文化院邀請訪韓。同年，出版《像妖女般》等，該作後來改編為電影《妖女時代》。
一九八九年	六十六歲	父親遠藤常久過世。
一九九三年	七十歲	進行腹膜透析手術住院。同年，出版《深河》，並以此作獲得每日藝術獎。
一九九五年	七十二歲	腦出血住院。獲頒文化勳章。
一九九六年	七十三歲	腎臟病住院，九月病逝。

GREAT! 7209
如何成為真正的信仰者：楊照談遠藤周作
日本文學名家十講7

作　　者	楊　照
封面設計	莊謹銘
協力編輯	陳亭妤
責任編輯	徐　凡
國際版權	吳玲緯
行　　銷	闕志勳　吳宇軒　陳欣岑
業　　務	李再星　陳紫晴　陳美燕　葉晉源
總 編 輯	巫維珍
編輯總監	劉麗真
總 經 理	陳逸瑛
發 行 人	凃玉雲
出　　版	麥田出版 地址：10483台北市中山區民生東路二段141號5樓 電話：(02)2500-7696 傳真：(02)2500-1967
發　　行	英屬蓋曼群島商家庭傳媒股份有限公司城邦分公司 地址：10483台北市中山區民生東路二段141號11樓 網址：www.cite.com.tw 客服專線：(02)2500-7718｜2500-7719 24小時傳真專線：(02)-2500-1990｜2500-1991 服務時間：週一至週五09:30-12:00｜13:30-17:00 劃撥帳號：19863813 戶名：書虫股份有限公司 讀者服務信箱：service@readingclub.com.tw
香港發行所	城邦（香港）出版集團有限公司 地址：香港灣仔駱克道193號東超商業中心1樓 電話：+852-2508-6231 傳真：+852-2578-9337
馬新發行所	城邦（馬新）出版集團【Cite(M) Sdn. Bhd.】 地址：41-3, Jalan Radin Anum, Bandar Baru Sri Petaling, 57000 Kuala Lumpur, Malaysia. 電話：+603-9056-3833 傳真：+603-9057-6622 讀者服務信箱：services@cite.my
麥田部落格	http://ryefield.pixnet.net
印　　刷	前進彩藝有限公司
初　　版	2022年11月
售　　價	350元
I S B N	978-626-310-303-0
電 子 書	978-626-310-310-8 (epub)

國家圖書館出版品預行編目(CIP)資料

如何成為真正的信仰者：楊照談遠藤周作（日本文學名家十講7）／楊照著 -- 初版. -- 臺北市：麥田出版：家庭傳媒城邦分公司發行, 2022.11
面；　公分. --（Great! ; RC7209）
ISBN 978-626-310-303-0（平裝）

1.遠藤周作　2.傳記　3.日本文學　4.文學評論

861.57　　　111013026

城邦讀書花園
www.cite.com.tw

Printed in Taiwan.
本書若有缺頁、破損、
裝訂錯誤，請寄回更換。

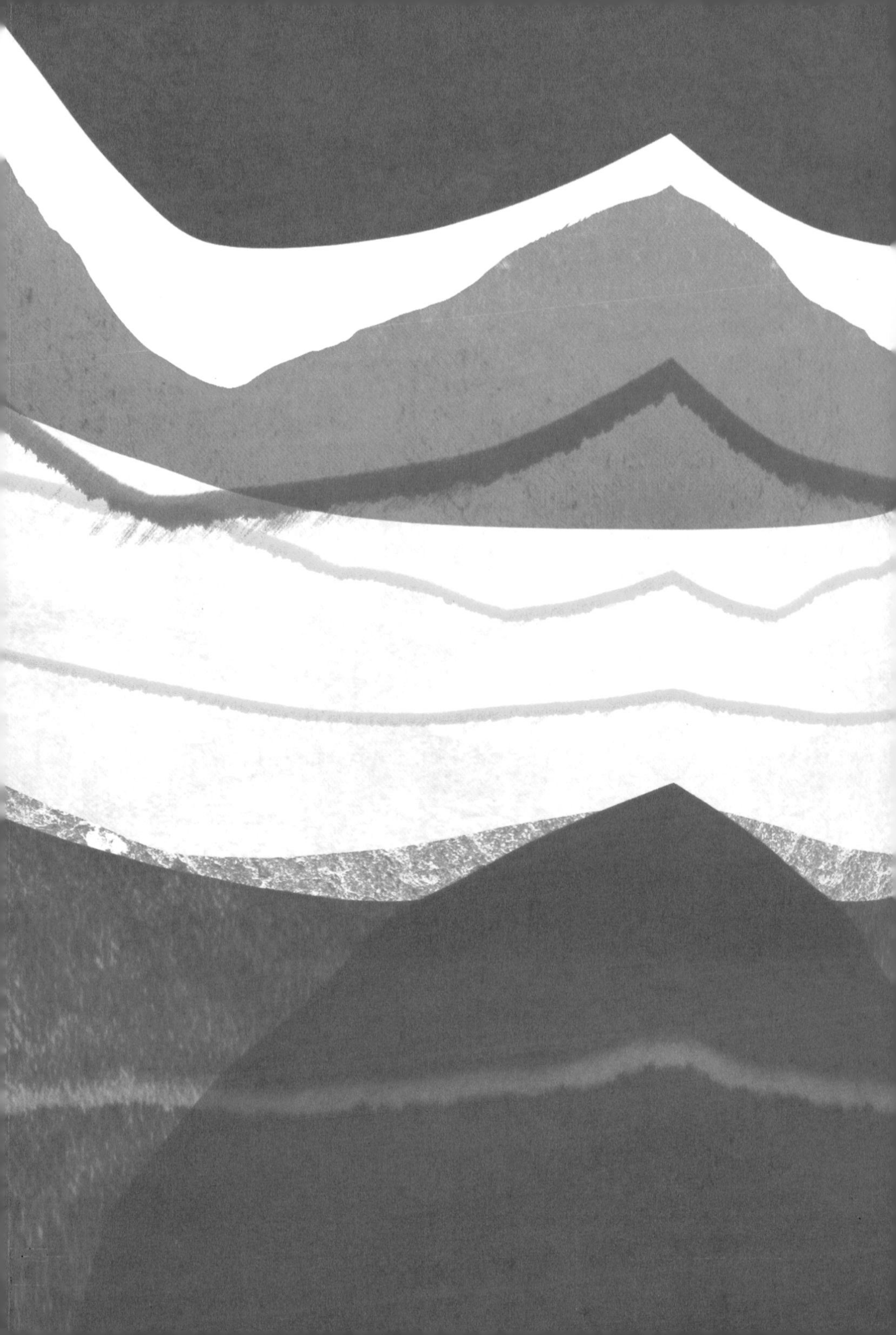